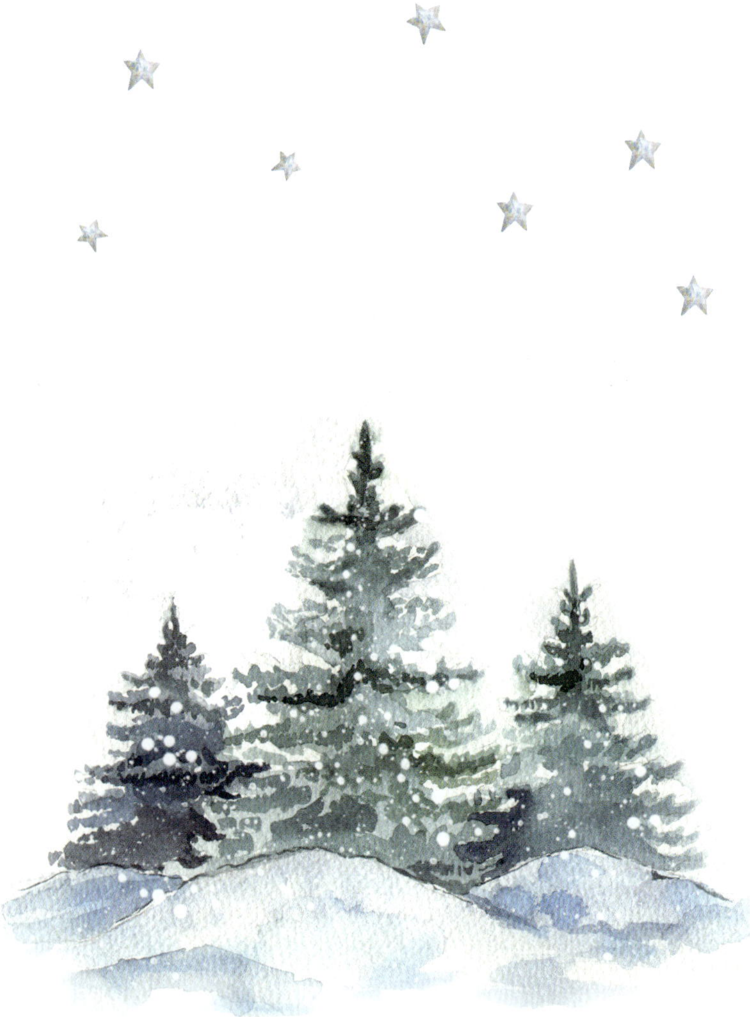

Die schönsten Weihnachtsgeschichten

von Selma Lagerlöf

Butzon & Bercker

Bibliografische Information der Deutschen Nationalbibliothek
Die Deutsche Nationalbibliothek verzeichnet diese Publikation in der Deutschen Nationalbibliografie; detaillierte bibliografische Daten sind im Internet über http://dnb.d-nb.de abrufbar.

Das Gesamtprogramm von Butzon & Bercker finden Sie im Internet unter www.bube.de

ISBN 978-3-7666-2776-6

Textzusammenstellung: Melissa Schirmer
Umschlaggestaltung: Nicole Weidner, Kevelaer
Layout und Satz: Amrei Serfling, Leipzig

Inhalt

Der Weihnachtsmorgen

Als das kleine Mädchen ein Jahr alt war, nahm sie Jan Andersson am Weihnachtsmorgen mit in die Kirche zur Christmette. Seine Frau meinte freilich, das Kind sei doch noch recht klein, um schon in die Kirche mitgenommen zu werden, auch fürchtete sie, es könnte sich wieder so ungebärdig anstellen wie damals beim Impfen. Aber Jan setzte seinen Willen durch, weil es ja nicht gegen die Sitte verstieß, wenn kleine Kinder mit zur Weihnachtsmette genommen wurden.
So machten sich die Leute von Skrolycka mit Klara Gulla am Weihnachtsmorgen schon früh um fünf Uhr auf den Weg. Es war bedeckter Himmel und so finster wie in einem Sack, aber die Luft war nicht kalt, sondern fast mild und dazu vollkommen still, so wie es dort in der Gegend Ende Dezember zu sein pflegt.
Gleich zu Anfang ging es einen engen Pfad zwischen den Äckern und Gehölzen in Askedalarna entlang.

Dann mussten die Wanderer dem steilen verschneiten Weg über den Snipahügel folgen, und erst dann kamen sie auf ordentliche Wege.

Das große zweistöckige Wohnhaus auf Falla hatte in allen Fenstern brennende Kerzen; es winkte den Leuten von Skrolycka zu wie ein Leuchtturm, und so konnten sie sich bis zu Börjes Haus hindurchfinden. Dort trafen sie mit ein paar Nachbarn zusammen, die sich am Abend vorher Fackeln zurechtgemacht hatten, mit denen sie sich nun den Weg erhellten; an diese schlossen sich die Leute von Skrolycka an. Jeder Fackelträger ging an der Spitze einer kleinen Schar. Die meisten schwiegen, aber alle waren frohen Mutes. Sie kamen sich vor wie die Weisen aus dem Morgenland, die beim Schein des Wundersterns dahinwanderten, um den neugeborenen König der Juden zu suchen.

Als die ganze Schar die Waldhöhe erreicht hatte, musste sie an einem großen Steinblock vorbei, den einstmals ein Riese drunten in Frykerud an einem Weihnachtsmorgen nach der Svartsjöer Kirche geschleudert hatte, der aber zum guten Glück über den Kirchturm weggeflogen und hier auf dem Snipahügel liegen geblieben war.

Als die Kirchgänger sich jetzt dem Stein näherten, lag er wie gewöhnlich auf der Erde; aber alle wussten, dass er während der Nacht auf zwölf goldene Pfeiler aufgehoben worden war und dass der Troll darunter gesessen und getrunken und getanzt hatte.

Es war wirklich kein Vergnügen am Weihnachtsmorgen, an so einem Steinblock vorbeigehen zu müssen, und Jan sah eifrig zu Katrine hinüber, ob sie auch das Kind fest an sich gedrückt hielte. Katrine schritt sicher und ruhig fürbass ganz wie gewöhnlich und unterhielt sich halblaut mit einer Nachbarin. Sie schien gar nicht daran zu denken, was das für ein gefährlicher Platz war.

Hier auf der Höhe standen uralte wetterfeste Tannen. Wenn man diese so im Fackelschein mit den großen Schneeklumpen auf den Zweigen wahrnehmen konnte, drängte sich einem unwillkürlich der Gedanke auf, dass mehrere von ihnen, die man vorher für Bäume gehalten hatte, nichts anderes waren als Trolle mit

stechenden Augen unter den weißen Schneemützen und mit langen scharfen Krallen, die aus den dicken Schneefäustlingen hervorstachen.
Das konnte man ja ertragen, solange sie sich ruhig verhielten, aber wie, wenn einer von ihnen den Arm ausstrecken und einen der Vorübergehenden an sich reißen würde? Für die Erwachsenen und alten Leute war es wohl nicht so gefährlich, aber eines hatte Jan doch immer gehört:

Die Trolle hatten eine besondere Liebe für
winzig kleine Menschenkinder,
je kleiner, desto besser!

Es kam ihm vor, als halte Katrine die kleine Klara gar so sorglos. Ach, für die großen krallenbewaffneten Trollhände war es gar keine Kunst, ihr das Kind zu entreißen! Hier mitten auf dem gefährlichen Platz wagte es Jan indes nicht, Katrine das Kind aus den Armen zu nehmen. Gerade dadurch hätte sich das Trollpack am Ende zu rühren angefangen. Schon fing es von dem einen Trollbaum zum anderen an zu raunen und zu rauschen. Es knarrte droben in den Zweigen, wie wenn sie versuchen wollten, sich in Bewegung zu setzen.
Jan wagte die anderen nicht zu fragen, ob sie das auch

sähen und hörten, was er sah und hörte. Denn das hätte ja gerade die Frage sein können, die das Trollpack zum Leben erweckte. In dieser Erwartung wusste er nur eins, was er tun konnte: Er stimmte mitten im Wald ein Lied an.

Jan hatte eine schlechte Singstimme und er hatte auch im Beisein anderer noch nie gesungen. Es fiel ihm sehr schwer, den Ton richtig zu treffen, und er wagte deshalb nicht einmal in der Kirche mitzusingen; aber jetzt musste er singen, mochte es gehen, wie es wollte.

Er sah, dass die Nachbarn sich über ihn wunderten. Die vor ihm gingen, stießen einander an und schauten sich nach ihm um; doch das durfte ihn nicht hindern, er musste weitermachen.

Gleich darauf flüsterte ihm indes eine der Frauen zu: »Wartet ein wenig, Jan, ich werd' Euch helfen!« Und dann stimmte sie mit der richtigen Melodie und dem richtigen Ton in das Weihnachtslied ein. Es klang schön durch die Nacht zwischen den Bäumen. Die anderen konnten nun auch nicht zurückbleiben, sondern stimmten ebenfalls mit ein.

»Gruß dir, du schöne Morgenstund, durch der Propheten heil'gen Mund ist sie verkündet worden!«

Da ging es wie ein ängstliches Sausen durch die Trollbäume. Sie zogen die Schneemützen so tief herein, dass man nichts mehr von ihren bösen Trollaugen sah, und ebenso zogen sie die ausgestreckten Krallen unter Tannennadeln und Schnee zurück. Als der erste Liedvers verklungen war, konnte niemand mehr sehen, dass da oben auf der Waldhöhe etwas anderes vorhanden war als gewöhnliche, ungefährliche, alte Tannenbäume.

Die Fackeln, die den Leuten aus Askedalarna durch den Wald geleuchtet hatten, waren abgebrannt, als die Schar die Landstraße erreichte. Aber von da an ging es mit Hilfe der erleuchteten Bauernhäuser weiter. Wenn ein Haus aus dem Gesichtskreis entschwand, schimmerte gleich ein anderes in geringer Entfernung auf. Die Leute hatten in alle Fenster Lichter gestellt, um den armen Wanderern den rechten Weg nach der Kirche zu zeigen.

Schließlich erreichten die Leute einen Hügel, von dem man die Kirche sehen konnte. Da stand sie vor ihnen: Aus allen Fenstern strömte heller Lichterschein heraus, und sie sah aus wie eine riesengroße Laterne.

Als die Wanderer die Kirche sahen,
blieben sie unwillkürlich stehen;
der Anblick raubte ihnen den Atem.

Nach allen den kleinen Häusern und niederen Fenstern, an denen sie vorbeigepilgert waren, kam ihnen die Kirche überwältigend groß und überirdisch hell vor.
Als Jan die Kirche erblickte, musste er unwillkürlich an ein paar arme Leute in Palästina denken, die eine ganze Nacht unterwegs gewesen waren und ein kleines Kind bei sich hatten, ihren einzigen Trost und ihre einzige Freude. Sie kamen von Bethlehem und wollten nach Jerusalem, weil das Kind im Tempel zu Jerusalem beschnitten werden sollte. Aber sie mussten sich in dunkler Nacht dahinschleichen, weil es so viele gab, die dem Kindlein nach dem Leben trachteten.
Die Leute von Askedalarna waren in aller Frühe von zu Hause weggegangen, um vor denen anzukommen, die nach der Kirche fuhren, aber in der Nähe der Kirche

wurden sie doch von diesen eingeholt. Sie kamen mit schnaubenden Pferden und klingenden Schellen dahergefahren, jagten in sausendem Galopp dahin und zwangen die armen Fußgänger, sich auf den hohen Schneewall am Wegrand zu retten. Jetzt hatte Jan das Kind auf dem Arm. Unaufhörlich musste er den Fuhrwerken ausweichen.

Er kam auf dem finsteren Weg nur sehr schwer vorwärts; aber vor ihm lag ja der strahlende Tempel, und wenn sie nur dorthin gelangen konnten, dann waren sie sicher und geborgen.

Jetzt erhob sich hinter ihnen lautes Schellengeklingel und Pferdegetrappel. Ein großer Schlitten mit zwei Pferden davor kam dahergefahren. Drinnen saß ein junger vornehmer Herr in schwarzem Pelz und hoher Pelzmütze mit seiner jungen Frau an der Seite. Er führte selbst die Zügel, aber hinter ihm stand der Kutscher mit einer lohenden Fackel in der hocherhobenen Hand. Die Flamme flackerte im Luftzug weit zurück und ließ einen langen Schweif von Rauch und sprühenden Funken hinter sich.
Jan stand auf dem Schneewall am Wege mit dem Kind im Arm. Es sah sehr gefährlich aus; sein einer Fuß sank

plötzlich tief in den Schnee hinein, und er war am Umfallen. Da zog der kutschierende Herr heftig an den Zügeln und rief Jan, den er vom Wege verjagt hatte, an. »Gib das Kind her, dann fahre ich es in meinem Schlitten mit nach der Kirche!«, sagte er freundlich. »Wo so viele Fuhrwerke unterwegs sind, ist es gefährlich, wenn man ein kleines Kind zu tragen hat.«

Doch Jan antwortete: »Ich dank' schön, aber es geht ganz gut.«

»Wir werden die Kleine hier zwischen uns setzen, Jan«, sagte die junge Frau.

»Ich dank' schön, aber es geht ganz gut.«

»Ach so, du wagst das Kind nicht aus dem Arm zu lassen«, sagte der Herr, und dann fuhr er lachend davon.

Die Wanderer zogen weiter; aber der Weg wurde immer gefährlicher und beschwerlicher. Schlitten folgte auf Schlitten. Im ganzen Kirchspiel gab es kein Pferd, das nicht am Weihnachtsmorgen unterwegs gewesen wäre, um Leute nach der Kirche zu fahren.

»Du hättest sie das Kind wohl mitnehmen lassen können«, sagte Katrine. »Ich fürchte, du wirst doch noch mit ihm hinfallen.«

»Hätt' ich ihnen das Kind überlassen sollen? Du weißt nicht, was du sagst. Hast du nicht gesehen, wer es war?«

»Was wäre denn für eine Gefahr dabei gewesen, wenn

wir's mit den Hüttenbesitzern von Duvnäs hätten fahren lassen?«

Da hielt Jan Andersson von Skrolycka plötzlich an.

»Ist das der Hüttenbesitzer auf Duvnäs mit seiner Frau gewesen?«, fragte er, und es sah aus, als sei er eben aus einem Traum erwacht.

»Gewiss ist's die Herrschaft vom Hüttenwerk gewesen. Für wen hast du sie denn gehalten?«

Ja, wo war Jan mit seinen Gedanken gewesen? Was war das für ein Kind, das er die ganze Zeit über getragen hatte? Wohin stand ihm das Ziel seiner Reise? In welchem Lande war er jetzt eben gewandert?

Er strich sich mit der Hand über die Stirne und sah etwas verlegen aus, als er Katrine antwortete: »Ich hab' geglaubt, es sei der König Herodes vom Lande Inda und Herodias, seine Frau.«

Die Legende von der Christrose

Die Räubermutter, die in der Räuberhöhle oben im Göinger Walde hauste, hatte sich eines Tages auf einen Bettelzug in das Flachland hinunterbegeben. Der Räubervater selbst war ein friedloser Mann und durfte den Wald nicht verlassen, sondern musste sich damit begnügen, den Wegfahrenden aufzulauern, die sich in den Wald wagten; doch zu der Zeit, als der Räubervater und die Räubermutter sich in dem Göinger Wald aufhielten, gab es im nördlichen Schonen nicht allzu viel Reisende. Wenn es sich also begab, dass der Räubervater ein paar Wochen lang Pech mit seiner Jagd hatte, dann machte sich die Räubermutter auf die Wanderschaft. Sie nahm ihre fünf Kinder mit, und jedes der Kleinen hatte zerfetzte Fellkleider und Holzschuhe und trug auf dem Rücken einen Sack, der gerade so lang war wie es selbst. Wenn die Räubermutter zu einer Haustüre hereinkam, dann wagte niemand, ihr das zu verweigern, was sie verlangte, denn sie bedachte sich keinen Augenblick, in der nächsten Nacht zurückzukehren und das Haus anzuzünden, in dem man sie nicht freundlich aufgenommen hatte. Die Räubermutter und ihre Nachkommenschaft waren ärger als die Wolfsbrut, und gar mancher hatte Lust, ihnen seinen guten Speer nachzuwerfen, aber dies geschah niemals; denn man wusste, dass der Mann dort oben im Wald hauste und sich zu rächen wissen würde, wenn den Kindern oder der Alten etwas zuleide geschähe. Wie nun die Räubermutter so von Hof zu Hof zog und bettelte, kam sie eines schönen Tages nach Öved, das zu jener Zeit ein Kloster war. Sie klingelte an der Klosterpforte und verlangte etwas zu essen, und der Türhüter ließ ein kleines Schiebfensterchen herab und reichte ihr sechs runde Brote, eines für sie und eines für jedes Kind. Aber während die Räubermutter so still vor der Klosterpforte stand, liefen ihre Kinder umher. Und nun kam eines von ihnen heran und zupfte sie am Rocke, zum Zeichen, dass es etwas gefunden hätte, was sie sich ansehen sollte, und die Räubermutter ging auch gleich mit ihm. Das ganze Kloster war von einer hohen, starken Mauer umgeben, aber der kleine Junge hatte es zustande gebracht, ein kleines Hintertürchen zu finden, das angelehnt stand. Als die Räubermutter hinkam, stieß sie sogleich das Pförtchen auf und trat, ohne erst viel zu fragen, ein, wie es eben bei ihr der Brauch war. Aber das Kloster Öved wurde zu jener Zeit von Abt Johannes regiert, der ein gar pflanzenkundiger Mann war. Er hatte sich hinter der Klostermauer einen kleinen Lustgarten angelegt, und in diesen drang nun die Räubermutter ein.

Im ersten Augenblick war sie so erstaunt, dass sie regungslos stehen blieb. Es war Hochsommerzeit, und der Garten des Abtes Johannes stand so voll von Blumen, dass es einem blau und rot und gelb vor den Augen flimmerte, wenn man hineinsah.

Aber bald zeigte sich ein vergnügtes Lächeln auf dem Gesicht der Räubermutter, und sie begann einen schmalen Gang hinunterzugehen, der zwischen vielen kleinen Blumenbeeten durchlief. Im Garten stand der Laienbruder, der Gärtnergehilfe war, und jätete das Unkraut aus. Er war es, der die Tür in der Mauer halb offen gelassen hatte, um Queckengras und Melde auf den Kehrichthaufen davor werfen zu können. Als er die Räubermutter mit ihren fünf Bälgern hinter sich her in den Lustgarten treten sah, stürzte er ihnen sogleich entgegen und befahl ihnen, sich zu trollen. Aber die alte Bettlerin ging weiter, als sei nichts geschehen. Sie ließ die Blicke hinauf und hinab wandern, sah bald die starren weißen Lilien an, die sich auf einem Beet ausbreiteten, und bald den Efeu, der die Klosterwand hoch emporkletterte, und kümmerte sich nicht im Geringsten um den Laienbruder. Der Laienbruder dachte, sie hätte ihn nicht verstanden. Da wollte er sie am Arm nehmen, um sie nach dem Ausgang umzudrehen. Aber als die Räubermutter seine Absicht merkte, warf sie ihm einen Blick zu, vor dem er zurückprallte. Sie war unter ihrem Bettelsack mit gebeugtem Rücken gegangen, aber jetzt richtete sie sich zu ihrer vollen Höhe auf. – »Ich bin die Räubermutter aus dem Göinger Wald«, sagte sie, »rühr mich nur an, wenn du es

wagst.« Und es sah aus, als ob sie nach diesen Worten ebenso sicher wäre, in Frieden von dannen zu ziehen, als hätte sie verkündet, dass sie die Königin von Dänemark sei.

Aber der Laienbruder wagte es dennoch, sie zu stören, obgleich er jetzt, wo er wusste, wer sie war, recht sanftmütig zu ihr sprach. – »Du musst wissen, Räubermutter«, sagte er, »dass dies ein Mönchskloster ist, und dass es keiner Frau im Lande gestattet wird, hinter diese Mauer zu kommen. Wenn du nun nicht deiner Wege gehst, dann werden die Mönche mir zürnen, weil ich vergessen habe, das Tor zu schließen, und sie werden mich vielleicht von Kloster und Garten verjagen.« Doch solche Bitten waren an die Räubermutter verschwendet. Die ging weiter durch die Rosenbeete und guckte sich das Bienenkraut an, das mit lilafarbenen Blüten bedeckt war, und das Gartengeißblatt, das voll rotgelber Blumentrauben hing. Da wusste sich der Laienbruder keinen anderen Rat, als in das Kloster zu laufen und um Hilfe zu rufen. Er kam mit zwei handfesten Mönchen zurück, und die Räubermutter sah sogleich, dass es nun Ernst wurde. Sie stellte sich breitbeinig in den Weg und begann mit gellender Stimme herauszuschreien, welche furchtbare Rache sie an dem Kloster nehmen würde, wenn sie nicht im Lustgarten bleiben dürfte, solange sie wollte. Aber die Mönche meinten, dass sie sie nicht zu fürchten brauchten, und sie dachten nur daran, sie zu vertreiben. Da stieß die Räubermutter schrille Schreie aus, stürzte sich auf sie und kratzte und biss, und ebenso machten es alle ihre Sprossen.

Die drei Männer merkten bald, dass sie ihnen überlegen war. Es blieb ihnen nichts anderes übrig, als in das Kloster zu gehen und Verstärkung zu holen.

Wie sie über den Pfad liefen, der in das Kloster führte, begegneten sie dem Abt Johannes, der herbeigeeilt war, um zu sehen, was für ein Lärm das wäre, den man vom Lustgarten hörte. Da mussten sie gestehen, dass die Räubermutter aus dem Göinger Walde in das Kloster gedrungen war; sie hätten nicht vermocht, sie zu vertreiben, und wollten sich nun Entsatz schaffen. Aber Abt Johannes tadelte sie, dass sie Gewalt angewendet hätten, und verbot ihnen, um Hilfe zu rufen. Er schickte die beiden Mönche zu ihrer Arbeit zurück, und obgleich er ein alter, gebrechlicher Mann war, nahm er nur den Laienbruder mit in den Garten. Als Abt Johannes dort anlangte, ging die Räubermutter wie zuvor zwischen den Beeten umher. Und er konnte sich nicht genug über sie wundern. Er war ganz sicher, dass die Räubermutter nie zuvor in ihrem Leben einen Lustgarten erblickt hätte. Aber wie dem auch sein mochte – sie ging zwischen all den kleinen Beeten umher, die jedes mit einer anderen Art fremder und seltsamer Blumen bepflanzt waren, und betrachtete sie, als wären es alte Bekannte. Es sah aus, als hätte sie schon öfters Immergrün und Salbei und Rosmarin gesehen. Einigen lächelte sie zu, und über andere wieder schüttelte sie den Kopf. Abt Johannes liebte seinen Garten mehr als alle anderen Dinge, die irdisch und vergänglich sind. So wild und grimmig die Räubermutter auch aussah, so konnte er es doch nicht lassen, Gefallen daran zu finden, dass sie mit drei Mönchen gekämpft hatte, um ihn in Ruhe zu betrachten. Er ging auf sie zu und fragte sie freundlich, ob ihr der Garten gefalle. Die Räubermutter wendete sich heftig gegen Abt Johannes, denn sie war nur auf Hinterhalt und Überfall gefasst, aber als sie seine weißen Haare und seinen gebeugten Rücken sah, da antwortete sie ganz freundlich: »Als ich ihn zuerst erblickte, da schien es mir, als ob ich nie etwas Schöneres gesehen hätte, aber jetzt merke ich, dass er sich mit einem andern nicht messen kann, den ich kenne.« Abt Johannes hatte sicherlich eine andere

Antwort erwartet. Als er hörte, dass die Räubermutter einen Lustgarten kannte, der schöner wäre als der seine, bedeckten sich seine runzeligen Wangen mit einer schwachen Röte. Der Gärtnergehilfe, der danebenstand, begann auch sogleich die Räubermutter zurechtzuweisen. »Dies ist Abt Johannes, Räubermutter«, sagte er, »der selber mit großem Fleiß und Mühe von fern und nah die Blumen für seinen Garten gesammelt hat. Wir wissen alle, dass es im ganzen schonischen Land keinen reicheren Lustgarten gibt, und es steht dir, die du das ganze liebe Jahr im wilden Wald haust, wahrlich übel an, sein Werk meistern zu wollen.« »Ich will niemand meistern, weder ihn noch dich«, sagte die Räubermutter, »ich sage nur, wenn ihr den Lustgarten sehen könntet, an den ich denke, dann würdet ihr jegliche Blume, die hier steht, ausraufen und sie als Unkraut fortwerfen.« Aber der Gärtnergehilfe war kaum weniger stolz auf die Blumen als Abt Johannes selbst, und als er diese Worte hörte, begann er höhnisch zu lachen. »Ich kann mir wohl denken, dass du nur so schwätzest, Räubermutter, um uns zu reizen«, sagte er, »das wird mir ein schöner Garten sein, den du dir unter Tannen und Wacholderbüschen im Göinger Wald eingerichtet hast! Ich wollte meine Seele verschwören, dass du überhaupt noch nie hinter einer Gartenmauer gewesen bist.« Die Räubermutter wurde rot vor Ärger, dass man ihr also misstraute, und sie rief: »Es mag wohl sein, dass ich niemals vor heute hinter einer Gartenmauer gestanden habe, aber ihr Mönche, die ihr heilige Männer seid, solltet wohl wissen, dass der große Göinger Wald sich in jeder Weihnachtsnacht in einen Lustgarten verwandelt, um die Geburtsstunde unseres Herrn und Heilands zu feiern. Wir, die wir im Wald leben, haben dies nun jedes Jahr geschehen sehen, und in diesem Lustgarten habe ich so herrliche Blumen geschaut,

dass ich es nicht wagte, die Hand zu erheben, um sie zu brechen.« Da lachte der Laienbruder noch lauter und stärker: »Es ist gar leicht für dich, dazustehen und mit derlei zu prahlen, was kein Mensch sehen kann. Aber ich kann nicht glauben, es könnte etwas anderes als Lüge sein, dass der Wald Christi Geburtsstunde an einer solchen Stelle feiern sollte, wo so unheilige Leute wohnen wie du und der Räubervater.«

»Und das, was ich sage, ist doch ebenso wahr«, entgegnete die Räubermutter, »wie dass du es nicht wagen würdest, in einer Weihnachtsnacht in den Wald zu kommen, um es zu sehen.« Der Laienbruder wollte ihr von Neuem antworten, aber Abt Johannes bedeutete ihm durch ein Zeichen, stillzuschweigen.

Denn Abt Johannes hatte schon seit seiner Kindheit erzählen hören, dass der Wald sich in der Weihnachtsnacht in ein Feierkleid hülle. Er hatte sich oft danach gesehnt, es zu sehen, aber es war ihm niemals gelungen.

Nun begann er die Räubermutter gar eifrig zu bitten und anzurufen, sie möge ihn um die Weihnachtszeit in die Räuberhöhle kommen lassen. Wenn sie nur eins ihrer Kinder schickte, ihm den Weg zu zeigen, dann wolle er allein hinaufreiten, und er würde sie nie und nimmer verraten, sondern sie im Gegenteil so reich belohnen, wie es nur in seiner Macht stünde. Die Räubermutter weigerte sich zuerst, denn sie dachte an den Räubervater und an die Gefahr, der sie ihn preisgab, wenn sie Abt Johannes in ihre Höhle kommen ließe; aber dann wurde doch der Wunsch, ihm zu zeigen, dass der Lustgarten, den sie kannte, schöner sei als der seinige, in ihr übermächtig, und sie gab nach. »Aber mehr als einen Begleiter darfst du nicht mitnehmen«, sagte sie. »Und du darfst uns keinen Hinterhalt und keine Falle stellen, so gewiss du ein heiliger Mann bist.« Dies versprach Abt Johannes, und damit ging die Räubermutter. Aber Abt Johannes befahl dem Laienbruder, niemand zu verraten, was nun vereinbart worden war. Er fürchtete, dass seine Mönche, wenn sie von seinem Vorhaben etwas erführen, einem alten Mann, wie er es war, nicht gestatten würden, hinauf in die Räuberhöhle zu ziehen. Auch er selbst wollte den Plan keiner Menschenseele verraten. Aber da begab es sich, dass Erzbischof Absalon aus Lund gereist kam und eine Nacht in Öved verbrachte. Als nun Abt Johannes ihm seinen Garten zeigte, fiel ihm der Besuch der Räubermutter ein; und der Laienbruder, der dort umherging und arbeitete, hörte, wie der Abt dem Bischof vom

Räubervater erzählte, der nun so viele Jahre vogelfrei im Walde gehaust hätte, und um einen Freibrief für ihn bat, damit er wieder ein ehrliches Leben unter anderen Menschen führen könnte.

»Wie es jetzt geht«, sagte Abt Johannes, »wachsen seine Kinder zu ärgeren Missetätern heran, als er selbst einer ist, und Ihr werdet es dort oben im Wald bald mit einer ganzen Räuberbande zu tun bekommen.« Doch Erzbischof Absalon erwiderte, dass er den bösen Räuber nicht auf die ehrlichen Leute im Lande loslassen wolle. Es sei für alle am besten, wenn er dort oben in seinem Wald bliebe. Da wurde Abt Johannes eifrig und begann dem Bischof vom Göinger Wald zu erzählen, der sich jedes Jahr rings um die Räuberhöhle in Weihnachtsschmuck kleide. »Wenn diese Räuber nicht schlimmer sind, als dass Gottes Herrlichkeit sich ihnen zeigen will«, sagte er, »so können sie wohl auch nicht zu schlecht sein, um die Gnade der Menschen zu erfahren.« Aber der Erzbischof wusste Abt Johannes zu antworten. »So viel kann ich dir versprechen, Abt Johannes«, sagte er und lächelte, »an welchem Tage immer du mir eine Blume aus dem Weihnachtsgarten im Göinger Walde schickst, will ich dir einen Freibrief für alle Friedlosen geben, für die du mich bitten magst.«

Der Laienbruder sah, dass Bischof Absalon ebenso wenig wie er selbst an die Geschichte der Räubermutter glaubte, aber Abt Johannes merkte nichts davon, sondern dankte Absalon für sein gütiges Versprechen und sagte, die Blume wollte er ihm schon schicken. Abt Johannes setzte seinen Willen durch, und am nächsten Weihnachtsabend saß er nicht daheim in Öved, sondern war auf dem Wege nach Göinge. Einer der wilden Jungen der Räubermutter lief vor ihm her, und zum Geleit hatte er den Knecht, der im Lustgarten mit der Räubermutter gesprochen hatte.

Abt Johannes hatte sich den ganzen Herbst über schon sehr danach gesehnt, diese Fahrt anzutreten, und freute sich nun sehr, dass sie zustande gekommen war.

Aber ganz anders stand es mit dem Laienbruder, der ihm folgte. Er hatte Abt Johannes von Herzen lieb und würde es nicht gern einem anderen überlassen haben, ihn zu begleiten und über ihn zu wachen, aber er glaubte keineswegs, dass sie einen Weihnachtsgarten zu Gesicht bekommen würden, er dachte nichts anderes, als dass das Ganze eine Falle sei, die die Räubermutter mit großer Schlauheit Abt Johannes gelegt hätte, damit er ihrem Mann in die Hände falle. Während Abt Johannes nordwärts zur Waldgegend ritt, sah er, wie überall Anstalten getroffen wurden, das Weihnachtsfest zu feiern. In jedem Bauerndorf machte man Feuer in der Badehütte, damit sie zum nachmittägigen Bad warm sei. Aus den Vorratskammern wurden große Mengen von Fleisch und Brot in die Hütten getragen, und aus den Tennen kamen die Burschen mit großen Strohgarben, die über den Boden gestreut werden sollten.

Als er an dem kleinen Dorfkirchlein vorüberritt, sah er, wie der Priester und seine Küster vollauf damit beschäftigt waren, es mit den besten Geweben zu behängen, die sie nur hatten auftreiben können; und als er zu dem Wege kam, der nach dem Kloster Bosjö führte, sah er die Armen des Klosters mit großen Brotlaiben und langen Kerzen daherwandern, die sie an der Klosterpforte bekommen hatten. Als Abt Johannes alle diese Weihnachtszurüstungen sah, da spornte er zur Eile an. Denn er dachte daran, dass seiner ein größeres Fest harre, als irgendeiner der anderen feiern sollte. Doch der Knecht jammerte und klagte, als er sah, wie sie sich auch in der kleinsten Hütte anschickten, das Weihnachtsfest zu feiern. Und er wurde immer ängstlicher und bat und beschwor Abt Johannes, umzukehren und sich nicht freiwillig in die Hände der Räuber zu geben. Aber Abt Johannes ritt weiter, ohne sich um seine Klagen zu kümmern. Er hatte bald das Flachland hinter sich und kam nun hinauf in die einsamen, wilden Wälder. Hier wurde der Weg schlechter. Er war eigentlich nur noch ein steiniger, nadelbestreuter Pfad, und nicht Brücke nicht Steg halfen ihnen über Flüsse und Bäche. Je länger sie ritten, desto kälter wurde es, und tief drinnen im Walde war der Boden mit Schnee bedeckt. Es war ein langer und beschwerlicher Ritt. Sie schnitten auf steilen und schlüpfrigen Seitenpfaden den Weg ab und zogen über Moor und Sumpf, drangen durch Windbrüche und Dickicht. Gerade als der Tag zur Neige ging, führte der Räuberjunge sie über eine Waldwiese, die von hohen Bäumen umgeben war, von nackten Laubbäumen und von grünen Nadelbäumen. Hinter der Wiese erhob sich eine Felswand, und in der Felswand sahen sie eine Tür aus rohen Planken. Nun merkte Abt Johannes, dass sie am Ziel waren, und er stieg vom Pferd. Das Kind öffnete ihm die schwere Tür, und er sah in eine ärmliche Berggrotte mit nackten Steinwänden. Die Räubermutter saß an einem Blockfeuer, das mitten auf dem Boden brannte, an den Wänden standen Lagerstätten aus Tannenreisig und Moos, und auf einer von ihnen lag der Räubervater und schlief. »Kommt herein, ihr dort draußen!«, rief die Räubermutter, ohne aufzustehen. »Und nehmt die Pferde mit, damit sie nicht draußen in der Nachtkälte zugrunde gehen!« Abt Johannes trat nun kühnlich in die Grotte, und der Laienbruder folgte ihm. Da sah es gar ärmlich und dürftig aus, und nichts war geschehen, um das Weihnachtsfest zu feiern. Die Räubermutter hatte weder gebraut noch gebacken, sie hatte weder gefegt noch gescheuert. Ihre Kinder lagen auf der Erde rings um einen Kessel, aus dem sie aßen; aber darin war nichts Besseres als dünne Wassergrütze. Doch die Räubermutter war ebenso stolz und selbstbewusst wie nur irgendeine wohlbestallte Bauersfrau. »Setze dich nun hier ans Feuer, Abt Johannes, und wärme dich«, sagte sie, »und wenn du Wegzehrung mitgebracht hast, so iss, denn was wir hier im Walde kochen, wird dir wohl nicht munden. Und wenn du vom Ritt müde bist, kannst du dich auf eine dieser Lagerstätten ausstrecken und ruhen. Du brauchst keine Angst zu haben, dass du verschlafen könntest. Ich sitze hier am Feuer und wache, und ich will dich schon wecken, damit du zu sehen bekommst, wonach du ausgeritten bist.«

Abt Johannes gehorchte der Räubermutter in allen Stücken und nahm seinen Schnappsack hervor. Aber er war nach dem Ritt so müde, dass er kaum zu essen vermochte; und sowie er sich auf dem Lager ausgestreckt hatte, schlummerte er ein.

Dem Laienbruder ward auch eine Ruhestatt angewiesen, aber er wagte nicht, zu schlafen, weil er ein wachsames Auge auf den Räubervater haben wollte, damit dieser nicht etwa aufstünde und Abt Johannes fesselte. Allmählich jedoch erlangte die Müdigkeit auch über ihn solche Gewalt, dass er einschlummerte. Als er erwachte, sah er, dass Abt Johannes sein Lager verlassen hatte und jetzt am Feuer saß und mit der Räubermutter Zwiegespräch pflog. Der Räubervater saß daneben. Er war ein hochaufgeschossener magerer Mann und sah schwerfällig und trübsinnig aus. Er kehrte Abt Johannes den Rücken zu, und es sah aus, als wolle er nicht zeigen, dass er dem Gespräch zuhörte.

Abt Johannes erzählte der Räubermutter von all den Weihnachtszurüstungen, die er unterwegs gesehen hatte, und er erinnerte sie an die Weihnachtsfeste und die fröhlichen Weihnachtsspiele, die wohl auch sie in ihrer Jugend mitgemacht hätte, als sie noch in Frieden unter den Menschen lebte. – »Es ist ein Jammer, dass eure Kinder nie verkleidet auf der Dorfstraße umhertollen oder im Weihnachtsstroh spielen dürfen«, sagte Abt Johannes. Die Räubermutter hatte ihm zuerst kurz und barsch geantwortet, aber so allmählich wurde sie kleinlauter und lauschte eifrig. Plötzlich wendete sich der Räubervater gegen Abt Johannes und hielt ihm die geballte Faust vor das Gesicht.

»Du elender Mönch, bist du hierhergekommen, um Weib und Kinder von mir fortzulocken? Weißt du nicht, dass ich ein friedloser Mann bin und diesen Wald nicht verlassen darf?« Abt Johannes sah ihm unerschrocken gerade in die Augen. »Mein Wille ist es, dir einen Freibrief vom Erzbischof zu verschaffen«, sagte er. Kaum hatte er dies gesagt, als der Räubervater und die Räubermutter ein schallendes Gelächter aufschlugen. Sie wussten nur zu wohl, welche Gnade ein Waldräuber vom Bischof Absalon zu erwarten hatte. »Ja, wenn ich einen Freibrief von Absalon bekomme«, sagte der Räubervater, »dann gelobe ich dir, nie mehr auch nur so viel wie eine Gans zu stehlen.« Den Gärtnergehilfen verdross es sehr, dass das Räuberpack sich anmaß, Abt Johannes auszulachen; aber dieser selbst schien ganz zufrieden zu sein. Der Knecht hatte ihn kaum je friedvoller und milder unter seinen Mönchen auf Öved sitzen sehen, als er ihn jetzt unter den wilden Räuberleuten sah. Aber plötzlich sprang die Räubermutter auf. »Du sitzt hier und plauderst, Abt Johannes«, sagte sie, »und wir vergessen ganz, nach dem Wald zu sehen. Jetzt höre ich bis in unsere Höhle, wie die Weihnachtsglocken läuten.« Kaum war dies gesagt, als alle aufsprangen und hinausliefen; aber im Wald war noch dunkle Nacht und grimmiger Winter. Das einzige, was man vernahm, war ferner Glockenklang, der von einem leisen Südwind hergetragen wurde. Wie soll dieser Glockenklang den toten Wald wecken können, dachte Abt Johannes. Denn jetzt, wo er mitten im Waldesdunkel stand, schien es ihm viel unmöglicher als früher, dass hier ein Lustgarten erstehen könnte. Aber als die Glocke ein paar Augenblicke geläutet hatte, zuckte plötzlich ein Lichtstrahl durch den Wald. Gleich darauf wurde es ebenso dunkel wie zuvor, aber dann kam das Licht wieder. Es kämpfte sich wie ein leuchtender Nebel zwischen den dunklen Bäumen durch. Und so viel vermochte es, dass die Dunkelheit in schwache Morgendämmerung überging.

Da sah Abt Johannes, wie der Schnee vom Boden verschwand, als hätte jemand einen Teppich fortgezogen; und die Erde begann zu grünen.

Das Farnkraut streckte seine Triebe hervor, eingerollt wie Bischofsstäbe. Die Erika, die auf der Steinhalde wuchs, und der Porst, der im Moor wurzelte, kleideten sich rasch in frisches Grün. Die Mooshügelchen schwollen und hoben sich, und die Frühlingsblumen schossen mit schwellenden Knospen auf, die schon einen Schimmer von Farbe hatten. Abt Johannes klopfte das Herz heftig, als er die ersten Zeichen sah, dass der Wald erwachen wollte. – Soll nun ich alter Mann ein solches Wunder schauen, dachte er. Und die Tränen wollten ihm in die Augen treten. Nun wurde es wieder so dämmrig, dass er fürchtete, die nächtliche Finsternis könnte aufs Neue Macht erlangen. Aber sogleich kam eine neue Lichtwelle hereingebrochen. Die brachte das Murmeln von Bächlein und das Rauschen der eisbefreiten Bergströme mit. Da schlugen die Blätter der Laubbäume so rasch aus, als wären grüne Schmetterlinge herangeflattert und hätten sich auf den Zweigen niedergelassen. Und nicht nur die Bäume und Pflanzen erwachten. Die Kreuzschnäbel begannen über die Zweige zu hüpfen. Die Spechte hämmerten an die Stämme, dass die Holzsplitter nur so flogen. Ein Zug Stare, der das Land hinanflog, ließ sich in einem Tannenwipfel nieder, um zu ruhen. Es waren prächtige Stare. Die Spitze jedes kleinen Federchens leuchtete glänzend rot, und wenn die Vögel sich bewegten, glitzerten sie wie Edelsteine. Wieder wurde es für ein Weilchen still, aber bald begann es von Neuem. Ein starker, warmer Südwind blies und säte über die Waldwiese all die Samen aus südlichen Ländern, die von Vögeln und Schiffen und Winden in das Land gebracht worden waren und auf seinem kargen Boden nirgend anders blühen konnten; und sie schlugen Wurzeln und schossen Triebe in demselben Augenblick, da sie den Boden berührten. Als die nächste Welle kam, fingen Blaubeeren und Preiselbeeren zu blühen an.

Wildgänse und Kraniche riefen hoch oben in der Luft, die Buchfinken bauten ihr Nest, und die Eichhörnchen begannen in den Baumzweigen zu spielen.
Alles ging nun so rasch, dass Abt Johannes gar nicht Zeit hatte, zu überlegen, welches Wunder gerade geschah. Er hatte nur Zeit, Augen und Ohren weit aufzumachen. Die nächste Welle, die herangebraust kam, brachte den Duft frischgepflügter Felder. Aus weiter Ferne hörte man, wie die Hirtinnen die Kühe lockten, und wie die Glöckchen der Lämmer klingelten. Tannen und Fichten bekleideten sich so dicht mit kleinen roten Zapfen, dass die Bäume wie Seide leuchteten. Der Wacholder trug Beeren, die jeden Augenblick die Farbe wechselten. Und die Waldblumen bedeckten den Boden, dass er ganz weiß und blau und gelb war. Abt Johannes beugte sich zur Erde und brach eine Erdbeerblüte. Und während er sich aufrichtete, reifte die Beere. Die Füchsin kam aus ihrer Höhle mit einer großen Schar von schwarzbeinigen Jungen hinter sich her. Sie ging auf die Räubermutter zu und rieb sich an ihrem Rock, und die Räubermutter beugte sich zu ihr hinunter und lobte ihre Jungen. Der Uhu, der eben seine nächtige Jagd begonnen hatte, kehrte wieder nach Hause zurück, ganz erstaunt über das Licht, suchte seine Schlucht auf und legte sich schlafen. Der Kuckuck rief,

und das Kuckucksweibchen umkreiste mit einem Ei im Schnabel die Nester der Singvögel. Die Kinder der Räubermutter stießen zwitschernde Freudenschreie aus. Sie aßen sich an den Waldbeeren satt, die groß wie Tannenzapfen an den Sträuchern hingen.

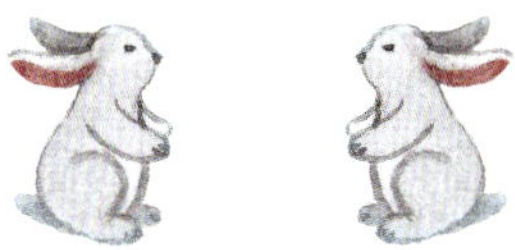

Eines von ihnen spielte mit einer Schar junger Hasen, ein anderes lief mit den jungen Krähen um die Wette, die aus dem Nest gehüpft waren, ehe sie noch flügge waren, das dritte hob die Natter vom Boden und wickelte sie sich um Hals und Arm. Der Räubervater stand draußen auf dem Moor und aß Brombeeren. Als er aufsah, ging ein großes schwarzes Tier neben ihm einher. Da brach der Räubervater einen Weidenzweig und schlug dem Bären auf die Schnauze. »Bleib du, wo du hingehörst«, sagte er. »Das ist mein Platz.« Da machte der Bär kehrt und trabte nach seiner Seite fort. Immer wieder kamen neue Wellen von Wärme und Licht, und jetzt brachten sie Entengeschnatter vom

Waldmoor her. Gelber Blütenstaub von den Feldern schwebte in der Luft. Schmetterlinge kamen, so groß, dass sie wie fliegende Lilien aussahen. Das Nest der Bienen in einer hohlen Eiche war schon so voll von Honig, dass er am Stamm hinuntertropfte. Jetzt begannen auch die Blumen sich zu entfalten, deren Samen aus fremden Ländern gekommen waren.

Die Rosenbüsche kletterten um die Wette mit den Brombeeren die Felswand hinan, und oben auf der Waldwiese sprossen Blumen, so groß wie ein Menschengesicht.

Abt Johannes dachte an die Blume, die er für Bischof Absalon pflücken wollte, aber eine Blume wuchs herrlicher heran als die andere, und er wollte die allerschönste wählen. Welle um Welle kam, und jetzt war die Luft so von Licht durchtränkt, dass sie glitzerte. Und alle Lust und aller Glanz und alles Glück des Sommers lächelte rings um Abt Johannes. Es war ihm, als könnte die Erde keine größere Freude bringen als die, die ihn über den plötzlichen Anbruch der schönen Jahreszeit erfüllte, und er sagte zu sich selbst: »Jetzt weiß ich nicht, was die nächste Welle, die kommt, noch an Herrlichkeit bringen kann.«

Aber das Licht strömte noch immer zu, und jetzt deuchte es Abt Johannes, dass es etwas aus einer unendlichen Ferne bringe. Er fühlte, wie überirdische Luft ihn umwehte, und er begann zitternd zu erwarten, es würde nun, nachdem die Freude der Erde gekommen war, des Himmels Herrlichkeit anbrechen. Abt Johannes merkte, wie alles still wurde: Die Vögel verstummten, die jungen Füchslein spielten nicht mehr, und die Blumen ließen ab, zu wachsen. Die Seligkeit, die nahte, war von der Art, dass einem das Herz stillstehen wollte; das Auge weinte, ohne dass es darum wusste, die Seele sehnte sich, in die Ewigkeit hinüberzufliegen. Aus weiter, weiter Ferne hörte man leise Harfentöne und überirdischen Gesang. Abt Johannes faltete die Hände und sank in die Knie. Sein Gesicht strahlte von Seligkeit. Nie hatte er erwartet, dass es ihm beschieden sein würde, schon in diesem Leben des Himmels Wonne zu kosten und die Engel Weihnachtslieder singen zu hören. Aber neben Abt Johannes stand der Gärtnergehilfe, der ihn begleitet hatte. Er sah den Räuberwald voll Grün und Blumen, und er wurde zornig in seinem Herzen, weil er sah, dass er einen solchen Lustgarten nie und nimmer schaffen könnte, wie er sich auch mit Hacke und Spaten mühte. Und er vermochte nicht zu begreifen, warum Gott solche Herrlichkeit an das

Räubergesindel verschwende, das seine Gebote missachtete. Gar dunkle Gedanken zogen durch seinen Kopf. »Das kann kein rechtes Wunder sein«, dachte er, »das sich bösen Missetätern zeigt. Das kann nicht von Gott stammen, das ist aus Zauberei entsprungen. Es ist von des Teufels arger List hierher gesandt. Es ist die Macht des bösen Feindes, die uns verhext und uns zwingt, das zu sehen, was nicht ist.«

In der Ferne hörte man Engelsharfen klingen, und Engelgesang ertönte, aber der Laienbruder glaubte, dass es die böse Macht der Unholde sei, die nahe.

»Sie wollen uns locken und verführen«, seufzte er, »nie kommen wir mit heiler Haut davon, wir werden betört und dem Abgrund verkauft.« Jetzt waren die Engelscharen so nahe, dass Abt Johannes ihre Lichtgestalten zwischen den Stämmen des Waldes schimmern sah. Und der Laienbruder sah dasselbe wie er, aber er dachte nur, welche Arglist darin läge, dass die bösen Geister ihre Künste gerade in der Nacht betrieben, in der der Heiland geboren war. Dies geschah ja nur, um die Christen umso sicherer ins Verderben zu stürzen. Die ganze Zeit über hatten die Vögel Abt Johannes' Haupt umschwärmt, und er hatte sie zwischen seine Hände nehmen können. Aber vor dem Laienbruder hatten sich die Tiere gefürchtet: Kein Vogel hatte sich auf seine Schulter gesetzt, und keine Schlange spielte zu seinen Füßen. Nun war da eine kleine Waldtaube. Als sie merkte, dass die Engel nahe waren, nahm sie ihren ganzen Mut zusammen und flog dem Laienbruder auf die Schulter und schmiegte das Köpfchen an seine Wange. Da meinte er, dass der Zauber ihm nun völlig auf den Leib rücke, ihn in Versuchung zu führen und zu verderben. Er schlug mit der Hand nach der Waldtaube und rief mit lauter Stimme, sodass es durch den Wald hallte: »Zeuch du zur Hölle, von wannen du kommen bist!«

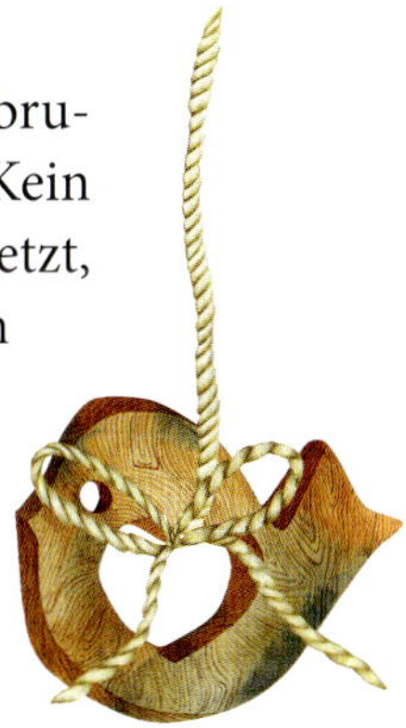

Gerade da waren die Engel so nahe, dass Abt Johannes den Hauch ihrer mächtigen Fittiche fühlte, und er hatte sich zur Erde geneigt, sie zu grüßen. Aber als die Worte des Laienbruders ertönten, da verstummte urplötzlich ihr Gesang, und die heiligen Gäste wendeten sich zur Flucht. Und ebenso floh das Licht und die milde Wärme in unsäglichem Schreck vor der Kälte und Finsternis in einem Menschenherzen. Die Dunkelheit sank auf die Erde hinab wie eine Decke, die

Kälte kam, die Pflanzen auf dem Boden schrumpften zusammen, die Tiere enteilten, das Rauschen der Wasserfälle verstummte, das Laub fiel von den Bäumen, prasselnd wie Regen. Abt Johannes fühlte, wie sein Herz, das eben vor Seligkeit gezittert hatte, sich jetzt in unsäglichem Schmerz zusammenkrampfte.

Niemals kann ich dies überleben, dachte er,
dass die Engel des Himmels mir so nahe waren und
vertrieben wurden, dass sie mir Weihnachtslieder singen
wollten und in die Flucht gejagt wurden.

In demselben Augenblick erinnerte er sich an die Blume, die er Bischof Absalon versprochen hatte, und er beugte sich zur Erde und tastete unter dem Moos und Laub, um noch im letzten Augenblick etwas zu finden. Aber er fühlte, wie die Erde unter seinen Fingern gefror, und wie der weiße Schnee über den Boden geglitten kam. Da ward sein Herzleid noch größer. Er konnte sich nicht erheben, sondern musste auf dem Boden liegenbleiben. Aber als die Räubersleute und der Laienbruder sich in der tiefen Dunkelheit zur Räuberhöhle zurückgetappt hatten, da vermissten sie Abt Johannes. Sie nahmen glühende Scheite aus dem Feuer und zogen aus, ihn zu suchen, und sie fanden ihn tot auf der Schneedecke liegen. Und der Laienbruder hub an zu weinen und zu klagen, denn er erkannte, dass er es war, der Abt Johannes getötet hatte, weil er ihm den Freudenbecher entrissen, nach dem er gelechzt hatte. Aber als Abt Johannes nach Öved hinuntergebracht worden war, sahen die, die sich des Toten annahmen, dass er seine rechte Hand hart um etwas geschlossen hielt, was er in seiner Todesstunde umklammert haben musste. Und als sie die Hand endlich öffnen konnten, fanden sie, dass, was er mit solcher Stärke festhielt, ein paar weiße Wurzelknollen waren, die er aus Moos und Laub hervorgerissen hatte. Und als der Laienbruder, der Abt Johannes geleitet hatte, diese Wurzeln sah, nahm er sie und pflanzte sie in des Abtes Garten in die

Erde. Er pflegte sie und wartete das ganze Jahr, dass eine Blume daraus erblühe, doch er wartete vergebens den ganzen Frühling und Sommer und Herbst. Als endlich der Winter anbrach und alle Blätter und Blumen tot waren, hörte er auf zu warten.

Als aber der Weihnachtsabend kam, da überkam ihn die Erinnerung an Abt Johannes so mächtig, dass er in den Lustgarten hinausging, seiner zu gedenken. Und siehe, wie er nun an der Stelle vorbeikam, wo er die kahlen Wurzelknollen eingepflanzt hatte, da sah er, dass üppige grüne Stängel daraus emporgesprossen waren, die schöne Blumen mit silberweißen Blättern trugen. Da rief er alle Mönche von Öved zusammen; und als sie sahen, dass diese Pflanze am Weihnachtsabend blühte, wo alle anderen Blumen tot waren, da erkannten sie, dass sie wirklich von Abt Johannes aus dem Weihnachtslustgarten im Göinger Wald gepflückt war. Aber der Laienbruder sagte den Mönchen, nun ein so großes Wunder geschehen sei, sollten sie einige von den Blumen dem Bischof Absalon schicken. Als nun der Laienbruder vor Bischof Absalon hintrat, reichte er ihm die Blumen und sagte: »Dies schickt dir Abt Johannes. Es sind die Blumen, die er dir aus dem Weihnachtslustgarten im Göinger Wald zu pflücken versprochen hat.« Und als Bischof Absalon die Blumen sah, die in dunkler Winternacht der Erde entsprossen waren, und als er die Worte hörte, wurde er so bleich, als wäre er einem Toten begegnet. Eine Weile saß er schweigend da, dann sagte er: »Abt Johannes hat sein Wort gut gehalten; so will auch ich das meine halten.« Und er ließ einen Freibrief für den wilden Räuber ausstellen, der von Jugend an friedlos im Walde gelebt hatte. Er übergab dem Laienbruder den Brief, und dieser zog damit von dannen, hinauf in den Wald und suchte den Weg zur Räuberhöhle. Als er am Weihnachtstage dort eintrat, da eilte ihm der Räuber mit erhobener Axt entgegen. »Ich will euch Mönche niederschlagen, so viele euer auch sind!«, rief er. »Sicherlich hat sich um euretwillen der Göinger Wald in dieser Nacht nicht in sein Weihnachtskleid gehüllt.« »Es ist einzig und allein meine Schuld«, sagte der Laienbruder, »und ich will gerne dafür sterben. Aber zuerst muss ich dir eine Botschaft von Abt Johannes bringen.«

Und er zog den Brief des Bischofs heraus und verkündete ihm, dass er nicht mehr vogelfrei sei, und zeigte ihm das Siegel Absalons, das an dem Pergament hing. »Fortan sollst du mit deinen Kindern im Weihnachtsstroh spielen, und ihr sollt das Christfest unter den Menschen feiern, wie es der Wunsch des Abtes Johannes war«, sagte er.

Da blieb der Räubervater stumm und bleich stehen,
aber die Räubermutter sagte in seinem Namen:
»Abt Johannes hat sein Wort getreulich gehalten,
so wird auch der Räubervater das seine halten.«

Doch als der Räubervater und die Räubermutter aus der Räuberhöhle fortzogen, da zog der Laienbruder hinein und hauste dort einsam im Wald unter unablässigem Gebet, dass sein hartes Herz ihm verziehen werde. Und niemand darf ein strenges Wort über einen sagen, der bereut und sich bekehrt hat, wohl aber kann man wünschen, dass seine bösen Worte ungesagt geblieben wären, denn nie mehr hat der Göinger Wald die Geburtsstunde des Heilands gefeiert, und von seiner ganzen Herrlichkeit lebt nur noch die Pflanze, die Abt Johannes dereinst gepflückt hat. Man hat sie Christrose genannt, und jedes Jahr lässt sie ihre weißen Blüten und ihre grünen Stängel um die Weihnachtszeit aus dem Erdreich sprießen, als könnte sie nie und nimmer vergessen, dass sie einmal in dem großen Weihnachtslustgarten gewachsen ist.

Die Heilige Nacht

Als ich fünf Jahre alt war, hatte ich einen großen Kummer. Ich weiß kaum, ob ich seither einen schwereren erlitten habe. Es war damals, als meine Großmutter starb. Tag für Tag hatte sie bis dahin in ihrem Zimmer auf dem Ecksofa gesessen und Märchen erzählt. Ich kann es mir gar nicht anders vorstellen, als dass Großmutter dasaß und vom Morgen bis zum Abend erzählte und erzählte, während wir Kinder ganz still neben ihr saßen und lauschten. Es war ein herrliches Leben. Und es gab keine Kinder, die es so schön hatten wie wir. Sonst weiß ich nicht mehr viel von meiner Großmutter. Ich entsinne mich nur, dass sie schönes, schlohweißes Haar hatte, dass sie mit tiefgebeugtem Rücken einherging, und dass sie immer dasaß und an einem Strumpf strickte. Auch entsinne ich mich, dass sie immer, wenn sie ein Märchen erzählt hatte, ihre Hand auf meinen Kopf legte und dabei sagte: »Und all dies ist so wahr, wie ich dich sehe und wie du mich siehst.« Dabei fällt mir auch noch ein, dass sie Lieder singen konnte. Das tat sie jedoch nicht alle Tage. Eine dieser Volksweisen handelte von einem Ritter und einem Meerweib, und der Kehrreim lautete: »Es stürmt der Wind so eisig kalt auf Meereswellen hin.« Und dann erinnere ich mich auch noch eines kleinen Gebets, das sie mich lehrte, und ein Psalmvers kommt mir in den Sinn.

An all die schönen Märchen, die sie mir erzählte,
habe ich nur eine schwache, verworrene Erinnerung.
Nur an eine einzige Geschichte errinnere ich mich so gut,
dass ich sie nacherzählen könnte.

Es ist eine kleine Geschichte von Jesu Geburt. Seht, das ist nun fast alles, was ich noch von meiner Großmutter weiß, ausgenommen das eine, dessen ich mich am besten entsinne, und das war die schmerzliche Sehnsucht, die ich empfand, als sie von uns gegangen war. Ich erinnere mich noch jenes Morgens, an dem das Ecksofa plötzlich leer dastand, und wie unbegreiflich es uns erschien, dass die Stunden jenes Tages ein Ende nehmen könnten. Daran erinnere ich mich. Das werde ich niemals vergessen. Und ich erinnere mich, dass wir Kinder hereingeführt wurden, um die Hand der Toten zu küssen. Wir fürchteten uns davor, aber da sagte uns jemand, es sei das letzte Mal, dass wir Großmutter für alle Freude danken könnten, die sie uns gespendet hatte. Und ich erinnere mich, wie Märchen und Lieder, in einem langen, schwarzen Sarge verpackt, vom Gutshof wegfuhren und niemals zurückkehrten. Ich erinnere mich, dass uns damals etwas aus dem Leben unwiederbringlich entschwunden war. Es war, als hätte sich die Pforte einer ganzen herrlichen Zauberwelt geschlossen, in der wir zuvor frei ein- und ausgehen konnten. Und nun war niemand mehr, der sich darauf verstand, diese Pforte zu öffnen. Ich erinnere mich, dass wir Kinder ganz allmählich lernten, mit Puppen und Spielzeug zu spielen und wic andere Kinder zu leben – und das mochte wohl so aussehen, als entbehrten wir Großmutter gar nicht mehr, oder als erinnerten wir uns ihrer nicht. Aber noch heute, nach vierzig Jahren, wie ich nun dasitze und diese Legenden über Christus sammle, die ich im fernen Morgenland vernommen habe, ersteht in meinem Inneren die kleine Geschichte von Jesu Geburt, die meine Großmutter zu erzählen pflegte. Und ich verspüre Lust, sie noch einmal zu erzählen und in meine Legendensammlung aufzunehmen.

Es war ein Weihnachtstag, an dem alle, außer Großmutter und mir, zur Kirche gefahren waren. Ich glaube, dass wir im ganzen Hause allein waren. Wir hatten nicht mitfahren können, weil die eine zu jung und die andere zu alt war. Und wir waren beide ganz traurig darüber, dass wir nicht zur Frühmette fahren und die Weihnachtskerzen nicht sehen konnten. Als wir aber so in unserer Einsamkeit dasaßen, begann Großmutter zu erzählen: »Es war einmal ein Mann, der in die dunkle Nacht hinausging, um sich etwas Feuersglut zu holen. Er ging von Hütte zu Hütte und klopfte an jede Tür. ›Helft mir, Ihr lieben Leute!‹, sagte er. ›Mein Weib hat eben ein Kindlein geboren, und ich muss Feuer anzünden, um sie und das Kindlein zu wärmen.‹ Aber es war tiefe Nacht, sodass alle Menschen fest schliefen. Niemand antwortete ihm. Der Mann ging immer weiter. Schließlich sah er in weiter Ferne einen hellen Feuerschein. Er wanderte in dieser Richtung fort und sah, dass das Feuer im Freien brannte. Eine Menge weißer Schafe lagerte schlafend ringsumher, und ein alter Hirte saß daneben und bewachte die Herde. Als der Mann, der das Feuer holen wollte, die Schafe erreicht hatte, sah er, dass drei große Hunde schlafend zu des Hirten Füßen lagen. Bei seinem Kommen erwachten sie alle drei und sperrten ihre weiten Rachen auf, als ob sie bellen wollten, man vernahm jedoch keinen Laut. Der Mann sah, dass sich die Haare auf ihrem Rücken sträubten, er sah, dass ihre spitzen Zähne im Feuerschein weißleuchtend aufblitzten, und er sah auch, dass sie auf ihn zustürzten. Er fühlte, dass einer ihn ins Bein biss, der zweite nach seiner Hand schnappte und der dritte ihm an die Kehle sprang. Aber die Kinnladen und die Zähne, mit denen die Hunde ihn beißen wollten, gehorchten nicht, und der Mann erlitt nicht den geringsten Schaden. Nun wollte er vorwärts gehen, um zu holen, was er brauchte. Aber die Schafe lagen Rücken an Rücken so dicht gedrängt, dass er nicht vorwärtskam. Und der Mann schritt über die Rücken der Tiere zum Feuer hin. Aber keines erwachte oder bewegte sich.« Bis dahin hatte Großmutter ungestört erzählen können, länger jedoch vermochte ich nicht an mich zu halten, ohne sie zu unterbrechen. »Weshalb taten sie es nicht, Großmutter?«, fragte ich. »Das wirst du bald erfahren«, sagte Großmutter und erzählte weiter.

»Als der Mann schon beim Feuer angelangt war, blickte der Hirte auf. Er war ein alter, mürrischer Mann, unfreundlich und hart gegen alle Menschen. Als er nun einen Fremden nahen sah, griff er nach einem langen, spitzen Stab, den er in der Hand zu halten pflegte, wenn er seine Herde weiden ließ, und schleuderte ihn nach dem Mann. Der Stab flog sausend gerade auf ihn zu, aber ehe er ihn treffen konnte, wich er zur Seite und flog an ihm vorbei ins Feld hinaus.« Als Großmutter so weit gekommen war, unterbrach ich sie nochmals. »Großmutter, warum wollte der Stab den Mann nicht treffen?« Aber Großmutter kümmerte sich um meine Frage gar nicht, sondern fuhr in ihrer Erzählung fort. »Nun kam der Mann auf den Hirten zu und sprach zu ihm: ›Lieber, hilf mir und lass mich etwas von deiner Feuersglut nehmen! Mein Weib hat eben ein Kindlein geboren, und ich muss Feuer anzünden, um sie und das Kindlein zu wärmen.‹ Der Hirte hätte es ihm am liebsten abgeschlagen, aber er dachte daran, dass seine Hunde diesem Mann keinen Schaden hatten zufügen können, dass die Schafe nicht vor ihm davongelaufen waren, und dass sein Stab ihn nicht hatte hinstrecken wollen. Da wurde ihm etwas bänglich zumute, und er wagte nicht, ihm die Bitte abzuschlagen. ›Nimm so viel du brauchst!‹, sagte er zu dem Mann. Das Feuer war jedoch fast gänzlich niedergebrannt. Weder Holzscheite noch Zweige waren vorhanden, nur ein großer Gluthaufen lag da, und der Fremde hatte weder Schaufel noch Eimer, um darin die rotglühenden Kohlen heimzutragen. Als der Hirte dies sah, sprach er abermals: ›Nimm so viel du brauchst!‹ Und er freute sich, dass der Mann nicht imstande sein würde, die Glut mitzunehmen.

Aber der Mann beugte sich nieder, las mit bloßen Händen die glühenden Kohlen aus der Asche und wickelte sie in seinen Mantel. Und die Kohlen versengten ihm weder Hände noch Mantel, und der Mann trug sie davon, als wären es Äpfel und Nüsse.«

Aber hier unterbrach ich die Märchenerzählerin zum dritten Mal. »Großmutter, warum wollten die Kohlen den Mann nicht verbrennen?« »Das wirst du noch erfahren«, sagte Großmutter und erzählte weiter. »Als jener Hirte, der ein so böser und heftiger Mensch war, all dies sah, fragte er sich selber verwundert: ›Was kann das für eine Nacht sein, da die Hunde nicht beißen, die Schafe sich nicht fürchten, der Speer nicht tötet und das Feuer nicht versengt?‹ Er rief den Fremden zurück und sprach zu ihm: ›Was ist das für eine Nacht? Und wie kommt es, dass alle Dinge dir Barmherzigkeit zeigen?‹ Da sprach der Mann: ›Das kann ich dir nicht sagen, wenn du es nicht selber erkennst.‹ Und er wollte seines Weges gehen, um bald ein Feuer anzuzünden und sein Weib und Kind wärmen zu können. Der Hirte aber dachte, er wolle den Mann nicht ganz aus dem Gesicht verlieren, ehe er erführe, was all dies zu bedeuten habe. Er stand auf und ging ihm nach, bis er dorthin kam, wo der Fremde hauste.

Da sah der Hirte, dass der Mann nicht einmal
eine Hütte besaß, um darin zu wohnen,
sondern sein Weib und Kind lagen in einer Felsenhöhle,
die nur nackte, kalte Steinwände hatte.

Und der Hirte dachte, dass das arme unschuldige Kind vielleicht in dieser Höhle erfrieren und sterben würde, und obwohl er ein hartherziger Mann war, rührte ihn dieses Elend, und er dachte nach, wie er dem Kind helfen könnte. Er löste sein Bündel von der Schulter und nahm daraus ein weiches, weißes Schaffell, gab es dem fremden Mann und sagte, er solle das Kindlein darauf betten. Aber sobald er gezeigt hatte, dass auch er barmherzig sein konnte, wurden ihm die Augen geöffnet, und er sah, was er zuvor nicht wahrgenommen hatte, und hörte, was zuvor seinen Ohren verschlossen war: Er sah, dass er inmitten einer dichten Schar kleiner, silberbeschwingter Engel stand, die einen Kreis um ihn bildeten. Und jedes Englein hielt ein Saitenspiel, und alle sangen mit jubelnder Stimme, dass in dieser Nacht der Heiland geboren sei, der die ganze Welt von ihren Sünden erlösen würde. Da verstand er, weshalb sogar alle leblosen Dinge in dieser Nacht so froh waren, dass sie niemandem etwas zuleide tun mochten. Und nicht nur rings um den Hirten waren Engel, überall konnte er sie sehen. Sie saßen in der Felsenhöhle, und sie saßen draußen auf den Bergen, auch unter dem Himmel flogen sie hin und her. Sie kamen in großen Scharen auf den Wegen dahergewandelt, und wenn sie vorbeischritten, blieben sie stehen und warfen einen Blick auf das Kindlein in der Höhle. Jubel und Freude, Sang und Spiel waren allüberall, und der Hirte sah es in der dunklen Nacht, in der er sonst nichts hatte wahrnehmen können. Voll Freude, dass seine Augen geöffnet waren, sank er auf die Knie und lobte Gott.« Und als Großmutter so weit gekommen war, seufzte sie und sprach: »Aber was der Hirte sah, das könnten wir auch sehen, denn die Engel fliegen in jeder Weihnachtsnacht unter dem Himmel einher, wenn wir sie nur zu erkennen vermögen.« Und dann legte Großmutter ihre

Hand auf meinen Scheitel und sprach: »Dies sollst du dir gut merken, denn es ist so wahr, wie ich dich sehe und du mich siehst. Nicht auf Kerzen und Lampen kommt es an, noch auf Sonne und Mond, sondern was nottut, ist einzig und allein, dass wir die rechten Augen haben, Gottes Herrlichkeit zu sehen.«

Ein Weihnachtsgast

Einer von denjenigen, welche als Kavaliere auf Ekeby gelebt hatten, war der kleine Rüster, der Noten transponieren und Flöte spielen konnte. Er war aus niederem Stande und arm, ohne Heimat und ohne Angehörige. Es kamen schwere Zeiten für ihn, als die Kavalierschar sich zerstreute. Er hatte nun nicht länger Pferd und Wagen, weder Pelz noch Proviantkorb. Er musste zu Fuß von Hof zu Hof gehen und trug seine Habseligkeiten in einem blaukarierten Taschentuch eingeknotet. Den Rock knüpfte er bis unter das Kinn zu, damit keiner sehen konnte, wie es mit Hemd und Weste bestellt war, und in seinen weiten Taschen verwahrte er seine kostbarsten Güter: die auseinandergeschraubte Flöte, die flache Schnapsflasche und die Notenfeder. Sein Beruf war das Notenabschreiben, und wenn alles noch so wie in alten Zeiten gewesen wäre, hätte es ihm nicht an Arbeit gefehlt. Doch mit jedem Jahre, das dahinging, wurde oben in Värmland weniger Musik getrieben. Die Gitarre mit ihrem morschen Seidenbande und das gewundene Waldhorn mit verblichenen Quasten und Schnüren wurden in die Rumpelkammer auf den Boden gebracht, und der Staub legte sich zolldick auf die langen, eisenbeschlagenen Geigentasten. Doch je weniger der kleine Rüster mit der Flöte zu tun hatte, desto mehr musste er sich mit der Schnapsflasche beschäftigen, und schließlich wurde er der reine Säufer. Es war sehr schade um den kleinen Rüster. Einstweilen wurde er auf den Gutshöfen noch als ein alter Freund aufgenommen, doch es herrschte Trauer, wenn er kam, und Freude, wenn er ging. Er roch nach Schnaps und Branntwein, und sobald er ein paar Appetitschnäpse oder ein Glas Grog getrunken hatte, bekam er einen Schwips und erzählte widerwärtige Geschichten.

Er war die Plage der gastfreien Gutshöfe. Einmal um Weihnachten ging er nach Löfdala, wo Liljecrona, der große Geigenspieler, wohnte. Liljecrona war auch einer der Ekebykavaliere gewesen, doch nach dem Tode der Majorin war er auf sein schönes Gut Löfdala gezogen und dort geblieben. Jetzt kam Rüster in den Tagen vor Heiligabend, mitten in die Festvorbereitungen, zu ihm und bat um Arbeit. Liljecrona beschäftigte ihn mit dem Abschreiben einiger Notenhefte. »Du hättest ihn lieber gleich wieder gehen lassen sollen«, sagte Liljecronas Gattin, »jetzt wird er die Arbeit wohl so langsam ausführen, dass wir ihn Heiligabend hierbehalten müssen.« »Irgendwo muss er ihn ja verleben«, antwortete Liljecrona. Und er setzte Rüster Grog und Branntwein vor, leistete ihm beim Trinken Gesellschaft und lebte die ganze Elebyer Zeit noch einmal mit ihm durch. Doch er war verstimmt, und der Gast war ihm, wie allen anderen, zuwider, wenn er es sich auch nicht anmerken lassen wollte, weil ihm alte Freundschaft und Gastfreiheit heilig waren. In Liljecronas Haus aber rüstete man sich seit drei Wochen zum Empfang des Christkindes. Man hatte in Ungemütlichkeit und Hetzerei mit Arbeit gelebt, sich die Augen bei Talglichtern und Kienspänen verdorben, im Vorratshaus beim Fleischeinsalzen und im Brauhause beim Bierbrauen gefroren. Doch sowohl die Hausfrau wie die Dienerschaft hatten alles dieses ohne Murren hingenommen. Wenn alle Arbeit fertig war und der Heilige Abend kam, würde sich ein süßer Zauber auf sie herabsenken. Das Weihnachtsfest würde die Wirkung haben, dass Scherz und Neckerei, Reime und lustige Reden ihnen ganz ohne Anstrengung auf die Zunge kämen. Jeder Fuß würde Lust verspüren, sich im Tanze zu drehen, und aus den dunklen Winkeln des Gedächtnisses würden die Worte und Melodien der Reigen hervorschlüpfen, obwohl man jetzt gar nicht glauben konnte, dass sie noch dort vorhanden seien. Und dann würden sie alle gut, ach so gut sein.

Doch wie nun Rüster kam, hatten sämtliche Hausgenossen in Löfdala das Gefühl, dass ihnen das Weihnachtsfest gestört werden würde.

Die Hausfrau, die älteren Kinder und die langjährigen Diener waren alle gleicher Meinung. Rüster rief in ihnen erstickende Angst hervor. Sie fürchteten überdies, dass, wenn er und Liljecrona die alten Erinnerungen wieder zu durchleben anfingen, das Künstlerblut in dem großen Geiger aufwallen und sein Heim ihn verlieren würde. Früher hatte er es ja nie lange daheim ausgehalten.

Niemand kann beschreiben, wie der Hausherr, seit sie ihn ein paar Jahre ganz hatten behalten dürfen, jetzt auf dem Gute geliebt wurde. Und was gab er ihnen auch! Wie viel gab er den Seinen, vor allem am Weihnachtstage! Er hatte seinen Platz nicht auf einem Sofa oder in einem Schaukelstuhl, sondern auf einer hohen, schmalen, glattgescheuerten Holzbank in der Kaminecke. Wenn er dort saß, ritt er auf Abenteuer aus. Er fuhr rund um die Erde, stieg zu den Sternen empor und flog noch höher. Er spielte und erzählte abwechselnd, und alle Hausgenossen versammelten sich um ihn und hörten zu. Das ganze Leben wurde stolz und schön, wenn der Reichtum dieser einen Seele es bestrahlte. Daher liebten sie ihn, wie sie das Weihnachtsfest, den Frohsinn und die Frühlingssonne liebten. Und als der kleine Rüster kam, war ihr Weihnachtsfrieden gestört. Wenn er den Hausherrn fortlockte, hatten sie vergeblich gearbeitet. Es war ungerecht, dass der Säufer in einem frommen Haus am Weihnachtstische sitzen und alle Weihnachtsfreude verderben durfte. Am Vormittag des Heiligen Abends war der kleine Rüster mit dem Notenschreiben fertig und sagte nun einige Worte vom Fortgehen, obwohl er natürlich die Absicht hatte, zu bleiben. Liljecrona war von der allgemeinen Verstimmung beeinflusst worden und sagte daher recht lau und gleichgültig, es sei wohl das Beste, dass Rüster das Weihnachtsfest über bleibe, da er ja einmal hier sei. Der kleine Rüster war ein stolzer Hitzkopf. Er zwirbelte seinen Schnurrbart und warf das schwarze Künstlerhaar, das wie eine dunkle Wolke über seiner Stirn lag, zurück. Was Liljecrona damit sagen wollte? Solle er nur bleiben, weil er sonst nirgends hinkönne? Oh, bitte sehr, in den großen Eisenwerken im Broer Kirchspiel werde er sehnsüchtig erwartet! Das Fremdenzimmer sei in Ordnung, der Willkommnungsbecher gefüllt. Er habe es sehr eilig. Er wisse nur nicht, zu wem er zuerst fahren solle. »Du liebe Zeit«, antwortete Liljecrona, »du kannst gern fahren.« Nach dem Mittagessen bat der kleine Rüster um Pferd und Schlitten, Pelz und Fußsack. Ein Knecht aus Löfdala sollte ihn nach irgendeinem Ort im Broer Kirchspiel fahren und das Pferd schnell antreiben, da es nach Schneegestöber aussah. Niemand glaubte, dass er erwartet werde oder dass es in der Gegend auch nur ein einziges Haus gebe, in welchem er willkommen war. Doch sie wollten ihn so gern los sein, dass sie sich dies verschwiegen und ihn fahren ließen. »Er hat es selbst gewollt«, sagten sie. Und dann dachten sie, jetzt wollten sie fröhlich sein. Doch als sie sich gegen fünf Uhr im Saal versammelten, um Tee zu trinken und um den Christbaum zu tanzen, war Liljecrona still und verstimmt. Er setzte sich nicht auf die Abenteuerbank, er rührte weder Tee noch Punsch an, er konnte sich keiner Polka erinnern und die Geige war nicht in Ordnung. Die, welche in der Stimmung seien, zu tanzen und zu spielen, möchten es ohne ihn tun. Da wurde die Hausfrau unruhig, da wurden die Kinder verdrießlich, alles im ganzen Haus ging verkehrt. Es wurde ein sehr trüber Heiligabend. Die Grütze brannte an, die Lichter zischten, die Holzscheite rauchten, der Wind brachte Schneetreiben und wehte recht bittere Kälte in die Zimmer.

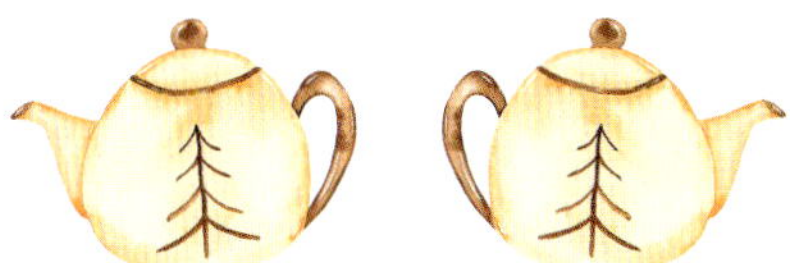

Der Knecht, der den kleinen Rüster gefahren hatte, kam nicht wieder. Die Haushälterin weinte, die Mägde zankten sich. Schließlich fiel es Liljecrona ein, dass keine Garbe für die Sperlinge hingelegt worden sei, und er beklagte sich laut, dass alle Weiber seines Haushaltes alte Bräuche fallen ließen und neumodisch und herzlos seien. Sie aber begriffen recht gut, dass das, was ihn quälte, Gewissensbisse darüber waren, dass er den kleinen Rüster am Heiligen Abend selbst hatte abreisen lassen. Plötzlich ging er in sein Zimmer, schloss die Tür hinter sich und begann zu spielen, wie er nicht gespielt hatte, seit er zu wandern aufgehört hatte. Hass und Hohn, Sehnsucht und Sturm lag darin. »Ihr dachtet, mich zu binden, aber ihr müsst andere Fesseln dazu schmieden. Ihr dachtet, mich kleinlich zu machen, wie ihr es selbst seid. Doch ich ziehe hinaus in das Große, in das Freie. Alltagsmenschen, Haussklaven, fangt mich, wenn es in eurer Macht steht!« Als die Hausfrau diese Töne hörte, sagte sie: »Morgen ist er fort, wenn Gott nicht heute Nacht ein Wunder tut. Jetzt hat unsre Ungastlichkeit gerade das bewirkt, was wir vermeiden wollten.« Inzwischen fuhr der kleine Rüster im Schneetreiben umher. Er fuhr von einem Gute zum anderen und fragte, ob man dort Beschäftigung für ihn habe, wurde aber nirgends aufgenommen. Er wurde nicht einmal zum Aussteigen aufgefordert. Einige hatten das Haus voll Besuch, andere wollten am ersten Festtag selbst verreisen. »Fahre zum nächsten Nachbarn«, sagten sie alle. Er konnte gern kommen, wenn er ihnen nur die Gemütlichkeit einiger Alltage störte, aber nicht am Heiligabend. Das Jahr hatte nur einen Heiligen Abend, und auf diesen hatten die Kinder sich schon den ganzen Herbst gefreut. Diesen Menschen konnte man doch nicht mit Kindern an einen Weihnachtstisch setzen. Früher hatten sie ihn gern aufgenommen, aber jetzt, seit er so trank, nicht mehr. Was sollte man auch mit dem Gesellen anfangen? Die Knechtstube war nicht gut genug für ihn und der Salon zu fein.

So musste der kleine Rüster in dem peitschenden Schneetreiben von Hof zu Hof fahren. Der nasse Schnurrbart hing ihm schlaff über die Lippen herab, seine Augen waren gerötet und trübe, doch der Branntwein wurde aus seinem Gehirn verweht.

Er fing an zu grübeln und zu staunen. War es möglich, dass keiner ihn aufnehmen wollte? Da sah er plötzlich sich selbst. Er sah, wie erbärmlich und heruntergekommen er war, und er begriff, dass er den Menschen verhasst sein müsste. »Mit mir ist es vorbei«, dachte er. »Mit dem Notenschreiben und mit der Flöte ist es vorbei. Niemand auf Erden bedarf meiner, niemand hat Mitleid mit mir.«

Der Schneesturm kreiste und spielte, riss die Schneewehen auf und schüttete sie wieder zu, nahm eine Schneesäule in den Arm und tanzte mit ihr über das Feld, wirbelte eine Flocke bis zu den Wolken empor und trieb eine andere tief in eine Grube hinein.

»So geht es, so geht es«, sagte der kleine Rüster, »solange man tanzt und umherwirbelt, ist es Spiel, wenn man aber in die Schneewehe hinunter soll, um dort eingebettet und vergessen zu werden, dann wird es Betrübnis und Kummer.« Doch hinunter müssen wir alle, und jetzt war die Reihe an ihm. Ja, jetzt war er am Ende.

Er fragte nicht mehr, wohin der Knecht ihn bringe. Es war ihm, als fahre er in das Land des Todes hinein. Der kleine Rüster verbrannte während dieser Fahrt keine Götter. Er verwünschte weder das Flötenspiel noch das Kavalierleben, er dachte nicht, dass es besser für ihn gewesen wäre, wenn er den Acker gepflügt oder Schuhe besohlt hätte. Doch darüber klagte er, dass er jetzt ein ausgespieltes Instrument sei, von dem der Frohsinn keinen Gebrauch mehr machen könne. Er klagte niemand an, denn er wusste, dass ein zersprungenes Waldhorn und eine Gitarre, die sich nicht mehr stimmen lässt, fortgeworfen werden müssen. Er wurde auf einmal ein sehr demütiger Mensch. Er begriff, dass es jetzt, am Heiligabend, mit ihm zu Ende gehen werde. Der Hunger oder die Kälte würde ihn töten, denn er verstand nichts, taugte zu nichts und hatte keine Freunde. Da hält der Schlitten, und auf einmal ist es hell um ihn her, er hört freundliche Stimmen, wird in eine warme Stube geführt, und jemand gibt ihm heißen Tee zu trinken. Der Pelz wird ihm ausgezogen, und mehrere Stimmen heißen ihn willkommen, während warme Hände Leben in seine erstarrten Finger reiben. Von alledem wurde er so verwirrt, dass es wohl eine Viertelstunde dauerte, ehe er sich wieder besinnen konnte. Er konnte gar nicht begreifen, dass er sich wieder in Löfdala befand. Es war ihm gar nicht klar geworden, dass der Knecht, des Umherfahrens im Schneegestöber überdrüssig, nach Hause zurückgekehrt war. Ebenso wenig begriff er, weshalb er jetzt in Liljecronas Haus so freundlich empfangen wurde. Er konnte nicht wissen, dass Liljecronas Gattin verstand, welch schwere Fahrt er an diesem Heiligabend gemacht, um an jeder Tür, an die er geklopft, abgewiesen zu werden. Sie empfand so großes Mitleid mit ihm, dass sie ihre eigene Sorge darüber vergaß. Liljecrona setzte drinnen in seinem Zimmer das wilde Spielen fort. Er wusste nicht, dass Rüster wieder da war. Dieser saß unterdessen mit der

Hausfrau und den Kindern im Saal. Das Gesinde, das dort am Heiligabend ebenfalls zu sein pflegte, hatte sich vor der trüben Stimmung, die drinnen bei der Herrschaft herrschte, in die Küche geflüchtet. Die Hausfrau stellte Rüster sofort an. »Rüster«, sagte sie, »Sie hören wohl, dass Liljecrona den ganzen Abend nichts weiter tut als spielen. Ich muss das Tischdecken überwachen und nach dem Essen sehen. Die Kinder sind ganz allein. Sie müssen sich um die beiden Kleinsten kümmern.« Kinder waren die Art Menschen, mit der Rüster am wenigsten verkehrt hatte. Er hatte sie weder im Kavalierflügel noch im Soldatenzelt, weder in Gasthöfen noch auf der Landstraße angetroffen. Er war beinahe blöde vor ihnen und wusste nicht, was er sagen sollte, das fein genug für sie wäre. Er zog die Flöte hervor und lehrte sie, Löcher und Klappen mit den Fingern zu benutzen. Es waren ein vierjähriger und ein sechsjähriger Knabe. Sie erhielten eine Lektion auf der Flöte und schienen sich sehr dafür zu interessieren. »Dies ist A«, sagte Rüster, »und dies ist C.« Und dann blies er die Töne. Da wollten die Kleinen wissen, was das für ein A und ein C sei, das gespielt werden sollte. Rüster holte nun Notenpapier aus der Tasche und zeichnete ihnen beide Noten auf. »Nein«, sagten sie, »das ist nicht richtig.« Und sie liefen fort und holten ein Abc-Buch. Da begann der kleine Rüster ihnen das Alphabet abzufragen. Sie konnten und konnten es nicht. Mit dem Wissen war es kümmerlich bestellt. Rüster geriet in Eifer, nahm die Knaben auf je ein Knie und fing an sie zu unterrichten. Liljecronas Gattin, die aus- und einging, hörte ganz erstaunt zu.

Es klang wie Spiel, und die Kinder lachten immerfort, aber sie lernten. Rüster setzte den Unterricht eine Weile fort, doch er war nicht recht bei der Sache.

Ihn beschäftigten die alten Gedanken vom Schneetreiben draußen. Hier war es schön und gemütlich, aber mit ihm war es ja doch vorbei. Er war verbraucht. Er würde fortgeworfen werden. Und plötzlich verbarg er das Gesicht in den Händen und begann zu weinen. Liljecronas Gattin trat schnell zu ihm. »Rüster«, sagte sie, »ich kann verstehen, dass Sie glauben, mit Ihnen sei es aus. Mit der Musik geht es nicht mehr, und Sie ruinieren sich mit dem Branntwein. Doch das Ende ist noch nicht da, Rüster.« »Doch«, schluchzte der kleine Flötenspieler.

»Sehen Sie, so bei den Kleinen sitzen wie heute Abend, das wäre etwas für Sie. Wenn Sie die Kinder im Lesen und Schreiben unterrichteten wollten, dann würden

Sie wieder überall willkommen sein. Das sind keine schlechteren Instrumente zum Spielen, Rüster, als Flöte und Geige. Sehen Sie sie an, Rüster!« Sie stellte die beiden Kleinen vor ihn hin, und er sah auf, blinzelnd, als habe er in die Sonne geblickt. Seinen kleinen, trüben Augen schien es schwer zu werden, den großen, hellen, unschuldigen der Kinder zu begegnen. »Sehen Sie sie an, Rüster«, ermutigte ihn Liljecronas Gattin. »Ich wage es nicht«, antwortete Rüster, dem es wie ein Fegefeuer erschien, durch die schönen Kinderaugen in die Schönheit der unbefleckten Seelen hineinzuschauen. Da lachte Liljecronas Gattin laut und fröhlich. »Dann sollen Sie sich daran gewöhnen, Rüster. Sie können dieses Jahr als Schulmeister in meinem Haus bleiben.« Liljecrona hörte seine Gattin lachen und kam aus seinem Zimmer. »Was gibt's?«, fragte er. »Was gibt's?« »Nichts weiter«, erwiderte sie, »als dass Rüster wiedergekommen ist und ich ihn als Schulmeister für unsere kleinen Buben angenommen habe.« Liljecrona war ganz verdutzt. »Getraust du dich«, sagte er, »wagst du es? Hat er versprochen, das – zu lassen – ?« »Nein«, antwortete die Gattin, »Rüster hat nichts versprochen. Doch er wird sich vor vielem hüten müssen, wenn er täglich den Kleinen in die Augen sehen soll. Wenn es nicht Weihnachten gewesen wäre, hätte ich es wohl nicht gewagt, doch wenn unser Herrgott es gewagt hat, ein kleines Kind, das noch dazu sein eigener Sohn war, unter uns Sünder zu versetzen, so kann auch ich mich wohl getrauen, meine Kleinen versuchen zu lassen, einen Menschen zu retten.« Liljecrona brachte kein Wort hervor, aber es zuckte in jeder Runzel seines Gesichtes, wie immer, wenn er etwas Großartiges hörte. Dann küsste er seine Frau so unterwürfig wie ein um Verzeihung bittendes Kind die Hand und rief laut: »Alle Kinder sollen herkommen und Mutter die Hand küssen!« Das taten sie, und nachher wurde ein fröhliches Weihnachtsfest in Liljecronas Heim gefeiert.

Der Sturm

Am zweiten Weihnachtsfeiertag im Jahre 1800 brauste ein Sturm über den Lövseer Bezirk in Värmland hin, dass es zum Erbarmen war. Man konnte nichts anderes mehr denken, als dass alles, was auf der Erde war, mit Stumpf und Stiel ausgerottet werden sollte. Kommt nun nicht und sagt, es hätten gewiss früher schon und auch später ebenso heftige Stürme gewütet, und jedenfalls sagt das nicht zu einem alten Bewohner des Lövseer Bezirks, denn die haben von ihrer Kindheit an immer gehört, dass man einen ähnlichen Sturm überhaupt nicht mehr erleben könnte. Heute noch können sie alle die Zäune aufzählen, die umgeweht, und alle die Strohdächer, die weggefegt wurden, sowie alle die eingestürzten Viehställe, unter deren Dachstühlen dann das Vieh mehrere Tage lang begraben lag. Auch können sie dir alle die Orte zeigen, wo Feuer ausbrach, dessen man in dem Sturm nicht Herr werden konnte, bis das ganze Dorf abgebrannt war. Und sie sind auch auf allen den Höhen und Berggipfeln gewesen, wo Baum an Baum herausgerissen am Boden lag, dass es dort seither gerade wie abrasiert aussieht. Nun weiß man ja wohl, dass die Leute zu sagen pflegen: Das sei ein böser Wind, der nicht wenigstens irgendjemand etwas Gutes bringe. Aber dass dieses auch von dem Sturm am zweiten Weihnachtsfeiertag gelten könnte, das hätte doch wirklich kein Mensch gedacht, denn er richtete ja nur ein Unglück ums andere an. Wer aber von allen Menschenkindern am wenigsten glauben wollte, dass dieser Sturm vielleicht auch etwas Gutes bringen könnte, war doch wohl die »Kleine« vom Koltorpet. Nein, sie hätte es nun und nimmer geglaubt, als sie am Morgen des zweiten Weihnachtsfeiertags dort am Waldrand stand und sah, wie Schnee, Asche, Kehricht und alles, was der Wind mit fortriss, über das Tal zu ihren Füßen wie ein Rauch hin wogte. Niemals, in ihrem ganzen Leben nicht, und sie war doch schon dreizehn Jahre alt und ging ins vierzehnte, war ein solches Missgeschick über die »Kleine« hereingebrochen. Sonst gelang es ihr eigentlich immer, bei allem, was ihr widerfuhr, mochte es noch so schwer sein, ihre gute Laune aufrechtzuerhalten; dies aber war fast mehr, als sie ertragen konnte. Ja, wahrhaftig, beinahe waren ihr die Tränen in die großen glänzenden Augen getreten und ihr über das blasse, magere Gesichtchen herabgelaufen! Das kleine Mädchen war ein wenig vor den Waldessaum herausgetreten, wie um zu probieren, wie stark der Sturm sei; und sofort zerrte er an ihrem Kopftuch, trommelte auf ihrer kurzen, weißen Schafpelzjacke und wirbelte ihr das eigengewobene Röckchen so fest um die Beine, dass sie beinahe umgefallen wäre.

Sie war nicht allein; die Mutter und Bubi waren auch dabei. Alle beide waren genauso gekleidet wie die Kleine, in kurzen Jacken aus weißem Schaffell und in Röcken aus schwarzem steifen Fries. Und anders hätten sie auch gar nicht gekleidet sein können, denn die Kleine erbte alle ihre Kleider von Mutter, und Bubi erbte sie von der Kleinen. Der einzige Unterschied zwischen den dreien war, dass die beiden anderen, obgleich sie ebenso warm angezogen waren wie die Kleine, nicht aus dem Wald herausgetreten, sondern im Schutz der Bäume stehengeblieben waren. Die Mutter und Bubi hatten ebenso magere, abgezehrte Gesichter wie die Kleine und auch ebenso klare kluge Augen, und beide dachten auch dasselbe wie sie: dass dieser Sturm doch ein rechtes Missgeschick sei. Auch waren sie ebenso betrübt und hätten am liebsten gleich zu weinen angefangen. Aber die beiden drinnen im Walde sahen lange nicht so verzweifelt aus wie das kleine Mädchen. Dieses stand gerade auf dem Berggipfel, ihr wisst, dort über dem Bäckhof im Broer Kirchspiel, und sie konnte mit den Augen den Weg verfolgen, der sich in großen Windungen bis zur Broer Kirche hinunterschlängelt. Aber was sah sie da? Die Bauersleute, die schon im Schlitten auf dem Wege nach der Kirche waren, drehten um und fuhren wieder heimwärts. Mehr brauchte die Kleine nicht zu sehen, um zu verstehen, dass Mutter und Bubi die zwei Meilen bis nach dem Nyhof im Svartsjöer Bezirk, wohin sie zum Weihnachtsschmaus eingeladen waren, ganz unmöglich zu Fuß zurücklegen könnten. Als die Kleine sich das klargemacht hatte, ballte sich ihre Hand in dem Handschuh ganz unwillkürlich zu einer Faust. Ach, wenn es nur drinnen im Wald, wo sie wohnten, nicht so ruhig und still gewesen wäre! Wenn sie nur hätten ahnen können, was das für ein Wetter war, ehe sie bis hier an den Waldessaum gekommen waren! Dann wären sie überhaupt nicht von zu Hause fortgegangen, und das wäre ihr viel lieber gewesen! Denn ihr müsst wissen, der Kleinen kam nichts erbärmlicher vor, als wenn sie wieder umdrehen musste und nicht dahin kommen konnte, wohin sie wollte.

Wenn sie nur wenigstens nicht das ganze Jahr hindurch immerfort an diesen zweiten Weihnachtsfeiertag, wo sie nach Nyhof gehen durfte, gedacht hätte!

Wenn nur nicht gerade in diesem Augenblick die großen dampfenden Kessel, die langen Tische mit den weißen, bis auf den Boden herabhängenden Tischtüchern und den großen Butterbrotbergen darauf vor ihr aufgetaucht wären! Wenn nur nicht sie und Bubi jedes Mal, so oft die Mutter ihnen nichts zu essen geben konnte, zueinander gesagt hätten: »Wenn wir beim Oheim auf dem Nyhof zum Weihnachtsschmaus sind, dann wollen wir uns aber satt essen!« Ach, ach! Wenn sie daran dachte, dass dort drunten jetzt süße Suppe mit Rosinen gekocht wurde, dass es da Reisbrei und Kuchen gab, und

Eingemachtes und Kaffee mit mürbem Backwerk, und dass sie nichts davon bekommen sollte! Sie war über den Maßen zornig und wünschte geradezu, es möchte jemand in der Nähe sein, an dem sie ihren Zorn auslassen könnte. Und sie dachte in ihrem Herzen, der Sturm hätte auch mehr Verstand haben können, als gerade an diesem Tage zu kommen. Festtag war es, da brauchten sie nicht die Mühle zu drehen, und Winter war es, da brauchten sie nicht auf dem See zu helfen, sondern waren frei von aller Arbeit. Aber was konnte es nützen, wenn sie es auch dem Sturm zurief? Die Strecke, die sie jetzt vor sich hatten, war die schwierigste vom ganzen Wege. Von hier ging es abwärts an Helgesäter vorbei, dann über die Brobyer Hügel nach dem Lövsee und der Kirche und über die großen Felder des Pfarrhofs, weil dort offenes, unbewaldetes Land war, über das der Weg hinführte. Wenn sie nur erst dort vorbei waren und sich dann die Hedebyhügel hinaufarbeiten konnten, dann hatte es keine Gefahr mehr, denn von da an führte der Weg immer durch Wald. Die Kleine meinte, es sehe doch gar nicht so furchtbar schlimm aus, und sie müssten wenigstens noch einen Versuch machen. Schlimmer als schlimm könnte es jedenfalls nicht ausfallen. Sie war sogar ganz befriedigt, solang Mutter dort drüben stand und überlegte.

Da war es doch immerhin noch möglich, dass sie sich zum Weitergehen entschloss. Aber o weh! Jetzt eben machte Mutter eine Bewegung, wie um in den Wald zurückzugehen, und Bubi tat selbstverständlich ganz wie die Mutter. Da ging die Kleine in der entgegengesetzten Richtung den Hügel hinunter. Zuerst ganz langsam, dann aber immer schneller, denn der Wind kam von hinten her und trieb sie eiligst vorwärts, sie musste geradezu laufen. Sie hütete sich wohl, zurückzusehen; denn sie fürchtete, Mutter und Bubi würden ihr dann Zeichen machen, sie solle wieder umdrehen. Ja, sie war fast sicher, dass sie ihr jetzt eben riefen, um sie aufzuhalten. Aber darum brauchte sie sich nicht zu kümmern, denn jetzt, wo sie so recht in den Sturm hineingeraten war, lärmte und donnerte es um sie her, dass sie gar nichts hören konnte. Es war nicht wahrscheinlich, dass Mutter ihr nachlaufen und sie festhalten würde, denn Mutter musste ja Bubi an der Hand führen, damit er nicht umgeweht wurde, und so kam sie nicht rasch vorwärts. Deshalb bekam indes das kleine Mädchen durchaus keine Lust, umzudrehen, nein, durchaus nicht; aber sie musste sich jetzt doch gestehen, dass das Wetter viel schlimmer war, als sie geglaubt hatte. Über ihrem Kopfe kamen große schwarze Vögel mit flatternden Schwingen dahergesaust, die der Wind vor sich her jagte und ganz zerfetzte; schließlich hatten sie weder Federn noch Körper mehr. Die Kleine dachte, so etwas Unheimliches habe sie noch nie gesehen, bis sie schließlich zu ihrer Verwunderung erkannte, dass es große Strohbüschel waren, die von irgendeinem Dach losgerissen worden waren. So oft sie einen Schritt dem Wind entgegen machte, erhob sich dieser vor ihr wie ein sich bäumendes Pferd und wollte sie umwerfen; machte sie aber einen Schritt mit dem Wind, so stieß er sie vorwärts, und sie musste mit krummen Knien und vorgebeugtem Rücken gehen, um ihm einigermaßen Widerstand leisten zu können. Dieses beständige Ankämpfen machte sie schrecklich müde, und schließlich hatte sie das Gefühl, als müsse sie einen vollbepackten Karren ziehen. Und von Norden her kam der Wind und brachte eine Kälte mit, als hätte er mit Leichen getanzt. Er war überaus scharf und heftig und drang durch ihre Pelzjacke und den Friesrock mit Eiseskälte in ihren Körper hinein. Daraus machte sie sich zwar nicht viel; aber sie fühlte wohl, wie ihr die Zehen in den mit Pechdraht genähten Stiefeln erstarrten, wie ihr die Finger in den wollenen Fausthandschuhen klamm wurden, und wie sie die Ohren unter dem Kopftuch brannten; aber trotzdem ging sie weiter, bis sie den ganzen langen Hügel hinuntergekommen war. Erst als sie in der

Talsenkung stand, hielt sie an und wartete auf die beiden anderen. Und als diese endlich auftauchten, ging sie ihnen entgegen. »Es wäre wohl am besten, wenn wir wieder heimgingen«, sagte sie. »Denn den Nyhof können wir ja doch nicht erreichen.« Aber nun war Mutter böse und Bubi auch, und sie sagten sich, dieses kleine

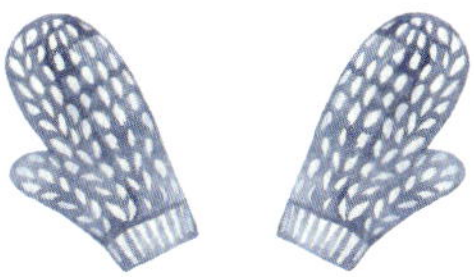

Mädchen solle sie nicht nur so regieren und sagen dürfen, wenn sie vorwärts gehen und wenn sie umdrehen sollten. »O nein«, sagte die Mutter, »wir drehen nicht um; nun sollst du jedenfalls zum Weihnachtsschmaus kommen, da du so sehr erpicht darauf bist.« »Ja, du sollst so viel Wind zu schlucken bekommen, dass du für viele Wochen genug hast«, fügte Bubi hinzu. Damit ging Mutter mit Bubi weiter, und die Kleine musste ihnen folgen, so gut sie konnte. Als sie den Uvhof erreicht hatten, begegneten ihnen die Wanderlotte und der Betteljon. Und diese beiden, die sich sonntags und werktags in der Gegend herumzutreiben pflegten und an jegliches Wetter gewöhnt waren, hielten die Hände wie eine Trompete vor den Mund und riefen den drei Daherkommenden zu, sie sollten eiligst nach Hause zurückkehren, denn weiter drunten nach dem See sei es eisig kalt, sie würden da erfrieren.

Trotzdem gingen Mutter und Bubi weiter.
Sie waren noch immer böse auf die Kleine und wollten,
sie solle so recht zu schmecken bekommen,
was für ein schreckliches Wetter es war.

Jetzt kam ihnen das Pferd von Erik auf Falla entgegen. Es zog einen leeren Schlitten hinter sich her, denn der Sturm hatte Erik auf Falla den Hut vom Kopf gerissen; und während er um die Zäune herumlief, über Hofmäuerchen kletterte und in den Gräben herumkroch, um seines Hutes wieder habhaft zu werden, war das Pferd des Stillstehens überdrüssig geworden und hatte sich auf den Heimweg gemacht. Aber Mutter und Bubi sahen aus, als komme ihnen das gar nicht merkwürdig vor; sie gingen einfach weiter. Sie hielten auch nicht an, bis sie oben auf den Brobyer Hügeln angekommen waren. Aber da gerieten sie in einen großen Haufen von Menschen, Pferden und Schlitten hinein, die hier hielten und nicht weiterkonnten. Denn siehe! Die große Brobyer Tanne, die so hoch gewesen war, dass man sie gerade wie den Gurlittagipfel aus weiter Ferne hatte sehen können, war vom Sturm gefällt worden und lag quer über den Weg. In der naheliegenden Brobyer Kirche aber sollten Jan von Gullåsa und Britta von Kringåsa getraut werden. Und der alte Jan Jansa von Gullåsa und die alte Mutter von Kringåsa, sowie die Nachbarn und Verwandten und der Spielmann Jöns und die schöne Gunnar von Högsjö und viele andere, die mit im Hochzeitszug gehen sollten, standen nun da und konnten nicht weiter. Sie redeten eifrig durcheinander und erklärten, sie seien schon zweimal von umgewehten Bäumen aufgehalten worden; bisher hätte man sie wegschaffen können, bei dieser Tanne hier aber wüssten sie sich nicht zu helfen. Der alte Vater von Gullåsa ging umher und bot den Leuten Branntwein an; aber weiter konnten sie deshalb doch nicht. Die Braut war aus dem Schlitten gestiegen und weinte, weil der ganze Weg zur Kirche so voller Hindernisse war; und der Wind riss rote Tüllrosen und grünseidene Blätter aus den Borten ihres Kleides, dass die Leute, die später am Tage dieses Weges durchs Kirchspiel gezogen kamen, nichts anderes glaubten, als der Sturm habe einen wilden Rosenbusch in einem Zauberwald ausfindig gemacht, dort die Blumen und Blätter mit fortgerissen und sie über die Hecken und Raine gestreut.

Aber Mutter und Bubi hielten nicht an, weil die Tanne quer über dem Weg lag; sie krochen unten durch und wanderten weiter, denn sie dachten, die Kleine werde noch eine ganze Weile nicht genug vom Sturm haben. Und sie kamen auch wirklich bis zum Kreuzweg und bis zum Brobyer Gasthaus! Da erblickten sie die Majorin Samzelius, die mit zwei Pferden in einem bedeckten Schlitten dahergefahren kam. Und erst als sie sahen, dass die Majorin unter Dach saß, begriffen die beiden wohl ganz, wie schrecklich das Wetter tatsächlich war; denn die Majorin gehörte sonst nicht zu denen, die sich vor etwas fürchteten. Als die Majorin aber der beiden ansichtig wurde, streckte sie die geballte Faust unter dem Schutzdach hervor, drohte ihnen und rief ihnen mit einer Stimme, die man noch durch das Brausen des Sturmes hindurch verstehen konnte, zu: »Mach, dass du heimkommst, Marit von Koltorp! Bei so einem Wetter, wo ich sogar im verdeckten Schlitten fahren muss, darfst du nicht mit deinen Kindern draußen sein!« Aber Mutter und Bubi dachten, für die Kleine werde es ganz gut sein, wenn sie noch eine Weile mit dem Wind kämpfen müsse. Als sie jetzt die Brücke erreichten, die über den schmalen Sund zwischen dem oberen und dem mittleren Lövsee führte, mussten sie ganz am Brückengeländer hin kriechen.

Hier brauste der Sturm schrecklicher als je zuvor, und sie wären gewiss ins offene Wasser hineingetrieben worden, wenn sie aufrecht zu gehen versucht hätten.

Als sie die Brücke glücklich hinter sich hatten, waren sie halbwegs nach dem Nyhof, und nun begann die Kleine zu glauben, dass sie wirklich noch zum Weihnachtsschmaus kommen würden. Aber kaum hatte sie das gedacht, als sich auch schon ein neues Hindernis einstellte. Wahrscheinlich war die heftige Kälte auf der Brücke für Bubi zu viel gewesen; der arme Kerl war kalt wie ein Eiszapfen. Er warf sich platt auf den Boden und wollte keinen Schritt mehr weiter. Die Mutter hob ihn auf, schüttelte ihn und lief mit ihm ins nächste beste Haus hinein. Die Kleine erschrak sehr und lief eiligst hinter der Mutter her. Sie wusste nicht mehr, was sie tun sollte; denn wenn Bubi jetzt erfroren war, dann war sie schuld daran. Wenn sie nicht gewesen wäre, würden Mutter und Bubi sicher umgekehrt und nach Hause zurückgegangen sein. Sie waren indes in ein Haus gekommen, wo unglaublich gute Leute wohnten, die sogleich sagten, ehe der Sturm sich gelegt habe, dürften die Gäste nicht vors Haus hinaus, da könne gar keine Rede davon sein. Ja, und sie sagten auch, es sei ein wahres Glück, dass sie bei ihnen eingekehrt seien;

wenn sie ihren Weg noch bis zur Propstei fortgesetzt hätten, wären sie sicher alle miteinander erfroren. Es sah aus, als sei Mutter recht froh, dass sie nun unter Dach und Fach waren. Sie saß so befriedigt da, als wisse sie ganz und gar nichts davon, dass drunten auf dem Nyhof jetzt die Bratspieße gedreht und das Fett von den großen Fleischkesseln abgeschöpft wurde. Nachdem die Hausbewohner ihnen so recht nach Herzenslust gesagt hatten, wie gut es sei, dass die Wanderer bei ihnen eingekehrt waren, fiel es ihnen ein, zu fragen, warum sie sich denn eigentlich in dem Sturm hinausgewagt hätten, und ob sie vielleicht auf dem Weg zur Kirche gewesen seien? Da erzählte ihnen die Mutter, warum sie unterwegs waren. Sie sagte, sie hätten zu Per Jansa auf Nyhof gewollt; der sei ihr Schwager, obgleich er ebenso reich sei, wie ihr Mann arm gewesen sei. Am zweiten Weihnachtsfeiertag halte er immer einen großen Weihnachtsschmaus, und zu diesem sei sie als Schwägerin selbstverständlich eingeladen. Sie habe allerdings von Anfang an das Wetter für recht schlecht gehalten, aber es sei ja das einzige Festmahl im Jahr, bei dem sie dabei sein dürften. Als die guten Hausbewohner das hörten, fingen sie wieder zu jammern an und sagten, die Mutter tue ihnen schrecklich leid, weil sie nun nicht zum Festmahl bei Per Jansa kommen könnte, denn dort gehe es sicher recht hoch her; aber in diesem Sturm noch einmal einen Versuch zu machen, das sei unmöglich, sie würde geradezu ihr Leben aufs Spiel setzen. Die Mutter stimmte mit ihnen überein, und sie sah aus, als sei es gar keine Kunst für sie, hier bei diesen armen Leuten ganz ruhig sitzen zu bleiben, während es doch so viel Gutes gab, das auf sie wartete. »Wenn Ihr die Kinder nicht bei Euch hättet, könntet Ihr Euch vielleicht schon bis zum Nyhof durcharbeiten«, setzten die Hausbewohner hinzu. Auch darin stimmte die Mutter mit den Leuten überein. Ja, sie könnte schon noch zum Festmahl kommen, sagte sie, wenn sie die Kinder nicht bei sich hätte; diese aber wage sie bei diesem Wetter nicht mehr mit hinauszunehmen. Nein, nein, es war nichts zu machen; darin waren sich alle ganz einig, aber die Mutter tat den Leuten eben doch schrecklich leid. Man sah ihnen ordentlich an, wie bekümmert sie darüber waren. Da kam der Frau plötzlich ein guter Gedanke, über den sie sehr froh wurde. »Ei der Tausend!«, sagte sie. »Wenn Ihr selbst Lust zum Gehen hättet, könntet Ihr ja die Kinder hier bei

uns lassen.« Alle beide, die Frau und der Mann, waren ganz beglückt über diesen Einfall, und sie konnten gar nicht begreifen, warum sie nicht früher darauf gekommen waren. Die Mutter machte zuerst etwas Umstände, gab aber bald nach. Und dann wurde ausgemacht, die Kinder sollten den Tag über und auch die Nacht da bleiben, wo sie waren, und die Mutter würde dann am nächsten Tage wiederkommen und sie abholen. Darauf ging die Mutter, und da saß nun das kleine Mädchen. Jetzt war also alle Hoffnung zu Ende, sie kam nicht zum Weihnachtsschmaus, das sah sie wohl ein. Aber was hätte es helfen können, wenn sie auch gesagt hätte, sie wollte mit der Mutter gehen? Diese herzensguten Leute, bei denen sie Unterkunft gefunden hatten, hätten sie doch nicht fortgelassen, auch hätte man ja Bubi nicht ganz allein zurücklassen können. Die Hausbewohner versuchten, die Kleine zu unterhalten und sie ein bisschen aufzumuntern; aber sie brachte kein Wort heraus, ja sie drehte ihnen den Rücken, stellte sich ans Fenster und richtete ihren Blick auf zwei große Birken, die da draußen im Sturme hin und her schwankten. Gar viele Wünsche stiegen in ihrem Herzen auf, während sie da am Fenster stand. Unter anderem wünschte sie, der Sturm sollte mit aller Gewalt auf das Haus losfahren, damit es einfiele und sie herauskommen könnte. Aber,

aber – das sah doch merkwürdig aus! Während sie so
dastand und die Birken betrachtete, schienen diese
mit jedem Augenblick weniger heftig hin und her zu
schwanken, und zugleich war es auch, als nehme der
Lärm und das Getöse ab, das mit dem Sturm daherkam,
und als fliege jetzt nichts mehr, weder Stecken noch
Stroh, in der Luft umher. Die Kleine wusste kaum, ob
sie ihren Augen trauen dürfte; aber jetzt war es wahr-
haftig draußen so ruhig, dass die lang herabhängen-
den Birkenzweige nur gerade noch ein wenig bebten.

Die Hausbewohner schäkerten mit Bubi und merkten
nichts, bis die Kleine zu ihnen sagte, jetzt sei der Sturm
vorüber. Sie waren über die Maßen erstaunt und sagten
sogleich, es sei schade, dass er sich nicht ein wenig frü-
her gelegt hätte, dann hätten die Kinder ja auch noch
zum Weihnachtsschmause kommen können. Wenn sie
den ganzen Tag hier bei ihnen sitzen müssten, so sei
das kein Vergnügen, das wüssten sie wohl. Da sagte die
Kleine, wenn man es ihr erlaubte, könnte sie sich jetzt

gut mit Bubi auf den Weg nach Nyhof machen. Es gehe ja immer auf der Landstraße geradeaus, da könne sie durchaus nicht fehl gehen, und so mitten am Tag werde ihnen ja sicher auch nichts Böses zustoßen. Diese Leute waren doch wirklich von Herzen gut. Sie wollten keinem Menschen die Freude verderben, und so ließen sie die beiden Kinder miteinander abziehen.

Jetzt war alles gut. Das Wetter war still und schön; es ging sich gar leicht, und es war niemand da, der der Kleinen befohlen hätte, im Zimmer zu sitzen oder umzukehren, wenn sie weiter wollte.

Aber etwas beunruhigte die Kleine doch. Es kam ihr vor, als sinke die Sonne gar so schnell dort auf der Südseite gegen den Himmelsrand herunter. Sie wusste nicht, wie viel Uhr es war; aber wie, wenn es nun schon so spät wäre, dass man auf dem Nyhof schon bei Tische saß! Und sie hatten noch eine ganze Meile zu gehen. Wie, wenn sie nun nicht früher hinkam, als bis es nur noch leere Schüsseln und abgenagte Knochen gab? Bubi war erst sieben Jahre alt und konnte nicht sehr schnell marschieren. Auch war er nach allem, was er an diesem Tag schon durchgemacht hatte, mutlos und verzagt. Als die Kinder in der Talmulde am Fuße des Hedebyhügels standen, hielt die Kleine an und sah nach dem Lövsee hin, der frisch gefroren mit blankem Eis bedeckt vor ihr lag. Sie fragte Bubi, an welchem Abend es doch gewesen sei, wo Mutter heimgekommen war und gesagt hatte, der Lövsee sei zugefroren. Mutter sei sehr überrascht gewesen, dass der See schon vor Weihnachten zugefroren war, und sie habe den ganzen Abend davon gesprochen. »Ja, das ist am Tag vor dem Heiligen Abend gewesen«, sagte Bubi. »Ich weiß es ganz gewiss.« »Dann ist der See ja schon seit vier Tagen gefroren«, entgegnete die Kleine, »da ist das Eis gewiss stark genug, um uns zu tragen.« Ha, nun kam neues Leben in den Jungen, sobald er begriffen hatte, dass die Schwester den Weg über den See nehmen wollte! »Ja, ja, komm, wir schlittern bis zum Nyhof über den See!«, rief er vergnügt. »Ja, es ist am einfachsten, wenn wir diesen Weg nehmen, da der Nyhof am See liegt«, sagte die Kleine. Sie war indes doch etwas bedenklich; aber jetzt war Bubi der, der darauf drang. Vom Weitergehen auf der Landstraße wollte er gar nichts mehr wissen. Nein, nein, die Schwester sollte sofort mit an den See hinunter! »Dann musst du zu Mutter sagen, du habest es gewollt, denn über dich wird sie nicht böse«, sagte die Kleine. Es war nicht weit zum See, und die beiden Kinder standen bald draußen auf dem Eis, das glatt wie ein Aal und spiegelblank war, es hatte gar nicht blanker sein können. Die Kinder fassten einander bei der Hand und schlitterten nun quer über den See. Ei, das war besser als das Gehen auf der Landstraße! Auf diese Weise kamen sie sicher nach Nyhof, ehe das Festmahl zu Ende war. Aber dann hörte die Kleine plötzlich ein Brausen und ein Donnern hinter sich, das sie nur zu leicht wiedererkannte. Sie brauchte sich gar nicht erst umzudrehen, um zu sehen, was es war, sie fühlte es schon im Nacken.

Der Sturm war es, der sich wieder aufgemacht hatte.
Es war gerade, als hätte er sich ruhig verhalten,
nur um die Kinder aufs Eis hinaus zu locken; jetzt
aber brauste er daher, fuhr auf sie los und warf sie um.

Nein, es war unmöglich, sie konnten auf dem Eis nicht weiter; seit der Sturm wieder losgebrochen war, konnten sie sich nicht mehr aufrecht auf den Füßen halten, und so blieb ihnen nichts anderes übrig, als ans Ufer zurück zu kriechen. Jetzt hätte man eigentlich glauben sollen, der Kleinen wäre aller Mut vergangen; sie war ja mit dem Brüderchen in einer verzweifelten Lage. Wie sollten sie nur wieder zu Menschen gelangen? Auf dem See konnten sie nicht weiter, und da, wo sie jetzt an

Land kamen, fand sich nur ein steiler Berg und dichter Wald, aber kein Weg. Ach! Und Bubi war so müde und verdrießlich über alles, er weinte nur noch. Die Kleine blieb eine Weile am Ufer stehen und sah ganz ratlos aus. Aber plötzlich fiel ihr ein, wie sie und Bubi daheim oben von ihrem Berge herunterzufahren pflegten, wenn er ganz mit Eis bedeckt war, und sofort begann sie Tannenzweige abzubrechen und sie auf zwei Haufen zu schichten. Dann setzte sie Bubi auf den einen, ließ sich selbst auf die Knie nieder und schob nun Bubi mitsamt den beiden Haufen aufs Eis hinaus. Als sie da draußen so recht im stärksten Blasewind drinnen waren, setzte sie sich auf den anderen Tannenzweighaufen, jedes von den Kindern nahm einen großen Tannenzweig in die Hand und hielt ihn gegen den Wind. Und hui! sagte der Sturm, und hei! sagte der Sturm. Er schüttelte sie und stieß sie auf die Seite, wie wenn er probieren wollte, was er mit ihnen anfangen könnte. Dann fasste er hart zu, und sie fuhren davon. Und es ging, es ging!

Ja, hurtig wie der Wind ging es, und nun fühlten die Kinder den Sturm gar nicht mehr. Wenn nicht die Ufer an ihnen vorbeigeflogen wären, hätten sie fast glauben können, sie säßen ganz stille. Bubi schrie aus vollem Halse vor lauter Vergnügen; aber die Kleine saß auf ihrem Haufen mit fest zusammengepressten Lippen und spähte eifrig umher, ob nicht ein neues Hindernis daherkomme, das sich zwischen sie und den Weihnachtsschmaus stellen wollte. Das war die schnellste Fahrt, die die Kinder je in ihrem Leben gemacht hatten. Es dauerte nicht viele Minuten, da hatten sie die Landspitze vor sich, wo die großen Gebäude des Nyhofs aufragten. Auf dem Hofe wollte man sich eben zu Tische setzen, als die Kinder auf dem Eis draußen auftauchten. Da liefen alle eiligst hinaus, um zu sehen, was denn da Merkwürdiges über den gefrorenen See dahergefahren kam. Und man kann sich wohl denken, wie sehr sich alle wunderten, als sie die Kinder erkannten. Ja alle miteinander, Per Jansa und Per Jansas Frau und der Pfarrer und alle anderen Gäste wunderten sich über die Maßen. Die einzige, die nicht gar so sehr überrascht aussah, war die Mutter. »Dieses Mädchen gibt nicht nach, bis es so geht, wie sie es

haben will«, sagte sie. »Ich hatte eigentlich schon die ganze Zeit erwartet, sie auf einem Besenstiel durch die Luft daherreiten zu sehen.« …

Ein Emigrant

Wohl in dem Vorgefühl von all dem Trüben und Schweren, das er um ihretwillen erdulden sollte, mochte der Knabe die Puppe gar nicht ansehen, als er sie am Weihnachtsabend bekam. Er sagte geradeheraus, er wolle nicht mit Puppen spielen, er, der doch ein Junge war. Die Mutter hatte ihn gefragt, ob sie die Puppe auf den Boden tragen oder sie dem kleinen Mädchen des Droschkenkutschers schenken solle, das er nicht leiden konnte, und sogar dazu hatte er ja gesagt. Es war ihm ganz gleichgültig, was aus dieser abscheulichen Puppe wurde. Aber was nun auch der Grund sein mochte, die Puppe wurde doch nicht zum Droschkenkutscher getragen, sondern fand sich noch am Weihnachtsmorgen in der Wohnung vor. Der Knabe war dadurch erwacht, dass die Mutter aufstand und sich ankleidete, um zur Weihnachtsmette zu gehen, und er hatte ein bisschen gejammert, dass er allein zu Hause liegenbleiben sollte.

»Du bist doch nicht allein«, hatte die Mutter gesagt. »Jetzt hast du doch jemanden, der dir Gesellschaft leisten kann.«
Damit hatte die Mutter die große Fleckchenpuppe genommen, sie auf einen Stuhl an den Tisch gesetzt und sie mit einer brennenden Lampe davor zurückgelassen. Es sollte hell im Zimmer sein, damit der Kleine sah, dass jemand da war, der über ihn wachte, und er die ganze Zeit, da die Mutter weg war, ruhig schlafen konnte.
Der Knabe wollte der Mutter nicht sagen, wie kindisch ihm das alles vorkam. Er hätte gern gewusst, ob sie denn vergessen hatte, dass sie einen Jungen zum Kind hatte, nicht ein Mädel. Er ließ sie jedoch gehen, ohne weitere Einwände zu erheben, denn es war ihm ganz recht, unter vier Augen mit der Puppe zu bleiben. Wenn sie nur erst allein waren, dann würde sie schon nicht allzu lange an dem Tisch unter der Lampe sitzenbleiben. Sie würde schon auf ihren rechten Platz kommen, darauf konnte sie sich verlassen.
Als die Mutter in der Tür stand, im Begriff zu gehen, sagte sie noch: »Du kannst Laban hier fragen, wie es in der Weihnachtsnacht zuging, als Jesus geboren wurde. Du glaubst gar nicht, wie viel er von alldem weiß, was sich einmal in der Welt zugetragen hat.«

Nein, das ging doch über den Spaß. Die dumme Puppe dort am Tisch! Die Mutter wurde wohl bald ebenso einfältig wie die Puppe selbst.

Aber es war merkwürdig. Wie er am Weihnachtsmorgen dalag und die Puppe anguckte und sich dachte, dass das wohl die Letzte war, die ihm etwas erzählen konnte, gleichviel was, merkte er, dass sie plötzlich eine andere geworden war.

Sie war doch früher als ein Matrose kostümiert gewesen, mit weiter Bluse, weißen langen Hosen und einer schirmlosen Mütze, auf der ihr Name »Laban« mit rotem Wollgarn gestickt war, aber so sah sie jetzt nicht mehr aus. Sie hatte sich ganz plötzlich in einen der Hirten verwandelt, die in derselben Nacht, in der Jesus geboren ward, über die Flur gingen und die Schafe hüteten. Er hörte auch die Engel in der Luft über dem Kopf der Puppe singen, und er sah, wie sie sich aufrichtete, um zu sehen, was für merkwürdige Vögel durch die dunkle Nacht flogen. Alles war genau so, wie er es die Mutter am Abend vorher erzählen gehört hatte, nur mit dem Unterschied, dass er jetzt alles vor sich sah, ganz so, wie es geschehen war. Es war Nacht, und es waren Engel, und es waren lebende Schafe. Das war etwas anderes, als nur davon erzählen zu hören. Der Junge war damals erst drei Jahre alt. Und deshalb konnte er wohl nichts von dem, was die Puppe und er an jenem Morgen zusammen gesehen hatten, in seiner Erinnerung bewahren. Dass sie auch nach Bethlehem gegangen waren und das Jesuskind gesehen hatten, glaubte er wohl, aber er konnte sich nicht recht entsinnen, wie es zugegangen war. Es war ihm wieder ganz entschwunden.

Das einzige, was er von diesem Weihnachtsmorgenabenteuer noch wusste, war, dass, als die Mutter heimkam, die Puppe in seinen Armen gelegen und geschlafen hatte. Die Mutter hatte gleich gemerkt, dass die Puppe nicht mehr am Tisch saß, und sie hatte sich ein

bisschen misstrauisch umgesehen, nach dem Kachelofen und der nächsten Kellerluke geguckt, aber schließlich hatte sie entdeckt, dass der Knabe den Matrosen mit ins Bett genommen hatte. Und sie war sehr froh gewesen, als sie dies gemerkt hatte. Denn sie wusste nun, dass der Kleine einen Freund gefunden hatte, der ihm über viele einsame Stunden und viele Sorgen hinweghelfen würde.

Mit der Zeit entdeckte der Knabe immer mehr und mehr gute Eigenschaften an der Puppe. Er sagte ganz ernsthaft zur Mutter, wie um ein großes Unrecht gutzumachen, dass er, bevor er Laban hatte, gar nicht gewusst hatte, wozu Puppen gut seien. Er hatte geglaubt, sie seien nur für kleine Mädchen zu gebrauchen, die ihnen Kleider nähten und ihnen diese Kleider an- und wieder auszogen.

»Aber jetzt denkst du anders von ihnen?«, fragte die Mutter und lächelte ihm zu.

Ja gewiss, jetzt begriff er, dass Kinder Puppen so liebhatten, weil sie sich verwandeln konnten.

Und verwandelt hatte sie sich wirklich, diese Puppe. Sie war ein König gewesen und hatte mit einer Krone auf dem Kopf dagesessen, und sie war das kleine Mädchen des Droschkenkutschers gewesen und hatte mit piepsender Kinderstimme gesprochen. Sie hatte vor gar niemandem Respekt. Sie war Mutter selbst gewesen, wie sie da hinter ihrem Ladentisch stand und Äpfel und Apfelsinen verkaufte, und sie war all die Frauen und Dienstmädchen gewesen, die in den Keller kamen, um einzukaufen.

Was hatten sie damals für gute Tage im Obstkeller gehabt, er und die Puppe! Sie hatten einen kleinen Schlupfwinkel ganz für sich allein, unter dem Ladentisch, an dem die Mutter stand und Obst und Gemüse verkaufte, ein eigenes kleines Stübchen mit zwei kleinen Schemeln, auf denen sie einander gegenübersaßen und im Flüsterton Gespräche führten, während man über ihren Köpfen kaufte und verkaufte. Der Knabe war früher wütend auf all die gewesen, die in den Kellerladen kamen und ihm seine Mutter wegnahmen. Aber jetzt waren sie ihm ganz willkommen, denn die Puppe verstand es, wie gesagt, sich in sie alle zu verwandeln. Sie ahmte ihre Stimme nach, und sie ging mit ihnen nach Hause und erzählte dann, was der Mann zu der Suppe gesagt hatte, die die Frau von den Kohlblättern und den Pastinaken aus Frau Hernquists Keller gekocht hatte.

Viele von denen, die im Laden ein und aus gingen, pflegten zu sagen, es wäre merkwürdig, zuzuhören, wie der Knabe die Puppe sprechen und antworten ließ.

Daraus sah er, dass sie gar nichts von solchen Dingen verstanden, denn es war doch gewiss nicht er, sondern die Puppe, die sich das alles ausdachte. Er probierte wohl den Leuten begreiflich zu machen, wie es sich verhielt, aber nach einigen vergeblichen Versuchen merkte er, dass das ganz unmöglich war.

Die allerschönste der guten Eigenschaften
der Puppe kam doch erst zutage, als er anfing,
in die Schule zu gehen.

Nach dem ersten Vormittag in der Schule war er recht mutlos nach Hause gekommen. Es war doch viel schwerer gewesen, die ersten Buchstaben zu lernen, als er sich vorgestellt hatte. Er hatte sich auf den Ladentisch zur Mutter gesetzt, damit sie ihm helfe, aber es war darum nicht besser gegangen.

»Willst du dich nicht zu Laban setzen und dir von ihm das Lesen beibringen lassen?«, hatte die Mutter gefragt, aber der Knabe war unschlüssig gewesen; er konnte doch nicht glauben, dass Laban zum Schulmeister taugte.

»Ja, du kannst sicher sein, dass er dazu taugt«, sagte die Mutter. »Er war in all den Jahren, die ich in die Schule ging, mein Lehrer, und ich hatte immer die besten

Zeugnisse. Man sprach sogar mit meinem Vater davon, mich Lehrerin werden zu lassen, so fix war ich.«

Als die Mutter dies gesagt hatte, kroch der Knabe unter den Ladentisch zu Laban, der dort auf seinem Schemel saß, und die Mutter gab ihnen ein kleines Kerzenstümpfchen, das sie zwischen sich stellen durften, damit sie die Buchstaben sahen.

»Lehre du ihn jetzt zuerst, dann lehrt er dich«, sagte die Mutter. Man hörte es, dass sie in der Sache zu Hause war.

An diesem Abend bekam der Knabe eine noch höhere Meinung von Laban als früher. Denn seht ihr, die Puppe lernte sofort die Buchstaben. Sie brauchte die Aufgabe nur ein einziges Mal zu hören, dann saß sie ihr so fest im Kopf, dass man das Licht auslöschen konnte, und sie sagte die ganze Geschichte von vorne nach rückwärts und von rückwärts nach vorne her, ohne auch nur einen einzigen Fehler zu machen.

»Ja, dacht ich mir's nicht, dass Laban dir helfen würde«, sagte die Mutter. »Denke jetzt nur morgen in der Schule an ihn, dann wirst du schon die ganze Aufgabe können.«

Als der Knabe am nächsten Tag in die Schule kam, war er doch sehr ängstlich, weil er glaubte, dass Laban und nicht er die Buchstaben gelernt hatte. Aber als er antworten sollte, hielt er die Gedanken ganz fest auf Laban gerichtet. »So hätte er gesagt«, dachte er. Und er antwortete so gut, dass er von der Lehrerin gelobt wurde. Aber das machte ihm große Sorgen. Er wollte nicht dastehen und ein Lob ernten, das er nicht verdient hatte. Das wäre doch unrecht gegenüber den anderen Kindern gewesen, die keine solche Puppe hatten wie er. Und schließlich sagte er auch der Lehrerin, wer es war, der die Aufgabe gelernt hatte. Er hatte erwartet, dass sie doch wenigstens verstehen würde, wie es sich mit dieser Puppe verhielt, aber sie lachte ihn nur aus, sodass er das nächste Mal nichts anderes tun konnte, als ihr Lob schweigend entgegenzunehmen.

Die gute Zeit für ihn und die Puppe, die dauerte eigentlich so lange, wie er in die Volksschule ging. Immer war es die kluge Puppe, die arbeitete, und der Knabe hatte herrliche, freie Tage ohne alle Mühe und Plage. Nichts veränderte sich, außer dass er eines schönen Tages nicht mehr unter dem Ladentisch Platz fand, und da zogen Laban und er in einen Verschlag hinter dem Kellerladen. Da war ganz hoch oben in der Wand eine

Luke, und darunter stellte die Mutter einen Tisch und einen alten Lehnstuhl, der so groß war, dass sie beide darin Platz fanden, er und die Puppe, und da saßen sie nun nebeneinander und lernten die Aufgaben.

Aber was der Kameradschaft ein Ende zu machen drohte, war, dass die Mutter beschloss, den Knaben ins Gymnasium zu schicken.

Seht ihr, man hatte ja schon lange, ja eigentlich seit der Weihnacht, da er die Puppe bekam, davon gesprochen, dass es etwas Merkwürdiges um diesen Knaben war. Die Leute, die mit ihm im Obstkeller plauderten, konnten nicht genug von den lustigen Antworten erzählen, die er ihnen gegeben hatte. Und die Lehrerin in der Volksschule, die konnte sich vor Staunen gar nicht fassen und erinnerte sich nicht, je ein so begabtes Kind gehabt zu haben. Und alle diese, die die große Begabung, die sich im Obstkeller verbarg, mit entdeckt hatten, lagen der Mutter unaufhörlich in den Ohren, den Sohn doch ins Gymnasium zu schicken.

Ihr ging es sehr gegen den Strich. Einerseits wollte sie aus ihrem Sohn kein Herrschaftskind machen, das sich ihr entfremdete, wenn es heranwuchs, und andererseits brauchte sie den Jungen sobald als möglich zur Hilfe im Geschäft. Aber sie wollte ja kein Unrecht gegen ihr eigenes Kind begehen, und da alle von den großen Anlagen sprachen, die erst in einer solchen höheren Lehranstalt zu ihrer rechten Entfaltung kommen konnten, entschloss sie sich endlich zu diesem Schritt.

Nun kann man sich denken, dass die Kameradschaft mit der Puppe nicht mehr so leicht war. Kaum war der Knabe in die erste Klasse gekommen, als die übrigen Schuljungen ihn damit aufzuziehen begannen. Er kämpfte viele Schlachten für sie aus. Und das ging ja an, solange er sie mit den Fäusten verteidigen konnte. Aber es sollten Angriffe kommen, die er nicht auf diese Art zurückschlagen konnte.

Dabei musste man ja sagen, dass es ihm in der Schule vortrefflich ging. Und dieselbe wunderliche Art, seine Aufgaben zu lernen, hatte er noch beibehalten. Konnte er sich nur einbilden, dass es die Puppe war, die lernte, nicht er, kostete es ihn nicht die geringste Mühe, zu lernen, was es auch sein mochte.

Aber als er in die zweite Klasse kam, erzählte ihm die Mutter eines Tages, dass es Leute gäbe, die sagten, es könnte doch nie ein rechter Mann aus ihm werden, der noch als Zehnjähriger mit Puppen spielte. Andere Knaben pflegten sich nicht so zu benehmen.

Das waren Worte, die sich in sein Herz eingruben.

Gegen die konnte er keinen gewappneten Widerstand anwenden. Er machte auch schon am selben Tag einen Versuch, sich der Puppe zu entledigen. Er trug sie auf den Dachboden, aber schon nach ein paar Stunden trug er sie wieder hinab. Er kam mit seinen Aufgaben nicht vom Fleck, wenn er die Puppe nicht neben sich hatte.

Und nun kamen zwei harte Jahre für ihn und die Puppe. Die Leute wollten sie nicht in Frieden lassen.

Ein so vielversprechender Junge, sagte man von ihm, es ist doch wirklich jammerschade, dass er diese lächerliche Gewohnheit hat, noch in seinem Alter mit Puppen zu spielen. …

Die Mutter bekam auch mehr von all den Neckereien und Witzen über ihn und die Puppe zu hören als er selbst. Manchmal glaubte der Knabe, dass sie und ihre Bekannten es sich nicht so sehr zu Herzen genommen hätten, wenn er zu trinken oder zu rauchen angefangen hätte, denn das war doch eine Sache, die andere Knaben auch taten. Aber dass ein Junge, der schon zwölf Jahre alt war, seine Puppe behielt, so etwas hatte man noch nie gehört.

Als nun sein dreizehnter Geburtstag herankam, sagte er sich jedoch, dass nun die Grenze erreicht war. Jetzt musste er die Puppe aufgeben, wenn er die Achtung der Menschen nicht ganz einbüßen wollte. … Ja, die Puppe sollte also aus dem Hause, das war eine ausgemachte Sache. Aber da war noch etwas anderes, über das man nicht so leicht ins Klare kommen konnte. Nämlich die Frage, wohin die Puppe sich begeben sollte. Es hatte keinen Sinn, es noch einmal mit dem Boden zu probieren, denn er wusste schon im Vorhinein, wie das ausgehen würde. Auch konnte er sich nicht entschließen, die Puppe irgendeinem Kind, das er kannte, zu schenken, denn er vermochte sich nicht in den Gedanken zu finden, dass irgendjemand seiner Bekannten sie, die ihm so lieb war, besitzen sollte. … Es sah aus, als sollte nichts aus der Trennung werden, und es wäre wohl auch nicht dazu gekommen, wenn die Puppe selbst sich nicht in die Sache gemischt hätte.

Die machte eines Abends ein ganz beleidigtes Gesicht und ließ ihn wissen, dass sie ihm nach all den guten Jahren, die sie miteinander gehabt hatten, nicht zum Schaden gereichen wollte; und wenn der Knabe sich nicht entschließen konnte, sie ziehen zu lassen, so würde sie schon einen anderen zu finden wissen, der ihr forthelfen wollte. Da war der Junge nun auch beleidigt und versprach, dass er Ernst in der Sache machen würde. »Ich werde schon dafür sorgen, dass du irgendwohin kommst, von wo du nie zurückkommen kannst«, sagte er.

Am nächsten Tage stand er ganz früh auf, rollte die Puppe in ein großes Zeitungspapier und ging mit dem Paket unter dem Arm auf die Straße. Zuerst begab er sich zu einem Platz, wo man eben den Grund zu einem Hause sprengte, und da hob er einen großen Stein auf, den er in der Hand behielt. Dann lenkte er seine Schritte zu einem der großen Kanäle in der Nähe des Hafens. Es war ein wunderbar schöner Morgen, in den er hinaustrat. Er erinnerte sich nicht, je etwas Ähnliches erlebt zu haben. Es war die mildeste Frühlingslust, voll Duft und Würze, lichtes Grün auf den Bäumen und leichte Frühlingswölkchen am Himmel. Auch sah er eine Menschenschar nach der anderen aus den Häusern kommen und zum Hafen hinuntergehen. … Sie wollten bei diesem herrlichen Frühlingswetter Ausflüge nach den Villen- und Badeorten machen. Wie froh und glücklich sie alle miteinander zu sein schienen. Der Knabe wünschte, er wäre einer von ihnen gewesen.

Da glaubte er zu hören, wie der alte Freund,
den er in dem Paket hatte, ihm eine letzte Ermahnung
gab: »Kümmere dich nicht um sie«, sagte er.
»Du kannst sicher sein, dass sie auch ihre Sorgen haben,
sie gerade so gut wie wir alle.«

»Da kannst du wohl recht haben«, sagte der Knabe, »aber ich glaube doch nicht, dass einer von ihnen es so schwer hat wie ich. Oder hältst du es für möglich, dass ein einziger von ihnen auf dem Weg ist, seinen besten Freund zu ertränken, so wie jetzt ich?«
Endlich waren sie am Ziel ihrer traurigen Wanderung angelangt, und der Knabe blieb auf dem Kai des Hafenkanals stehen. Da legte er die Puppe auf den Boden, wickelte sie aus der Umhüllung und begann, ihr eine Spagatschnur um den Hals zu knüpfen.
Im nächsten Augenblick sollte die Puppe also auf dem Kanalgrund liegen. … Das war also der Lohn, der ihr für all ihre Treue und alle ihre Dienste zuteilwerden sollte.

Plötzlich hörte der Knabe auf, die Schnur zu knüpfen. Er schleuderte den mitgebrachten Stein in den Kanal, aber ohne die Puppe. »Nein, das ist unmöglich«, sagte er. »Das geht nicht. In so grässlicher Weise kann ich mich deiner nicht entledigen, Laban.«
Er stand da und starrte recht ratlos vor sich hin. Mit den Blicken folgte er neuen Gruppen von Lustreisenden, die zum Meer hinunterwanderten.
Während er ihnen so nachsah, kam der Puppe plötzlich eine Idee. »Wir sind doch rechte Esel gewesen, du und ich, Fritz«, sagte sie, »dass uns etwas so Einfaches nicht früher eingefallen ist. Du hast wohl schon ganz vergessen, wie es im alten Griechenland zuging? Wenn sie ihre guten und edlen Mitbürger nicht im Lande behalten wollten, so fiel es ihnen doch nicht ein, sie zu töten, sondern sie sandten sie in die Verbannung.«
»Nein, was bist du doch für ein Meister, du Laban«, rief der Knabe. »Ich verstehe schon, was du meinst. Ja, in dieser Weise kann ich mich doch eher von dir trennen.«
Er fand den Gedanken so vortrefflich, dass er sich für den Augenblick fast über die Trennung getröstet fühlte. … Im selben Augenblick sah er den Hafen, wo ein großes weißes Schiff dalag und seinen Dampf in die Luft stieß. Es hieß »Oskar Dickson«, und er wusste,

dass es zwischen Gothenburg und Christiania hin und her fuhr. Er eilte hinunter und sprang an Bord. Niemand hinderte ihn. Man glaubte, dass er einem der Passagiere noch ein Paket zu bringen hatte. Unten im Achtersalon nahm er die Puppe und setzte sie auf eines der roten Plüschsofas. Er knipste noch ein paar Stäubchen von der Bluse und setzte die Mütze richtig auf.

»Wenn wir gewusst hätten, dass du eine so lange Reise antreten musst, hätten wir schon dafür gesorgt, Mutter und ich, dass du etwas Neues zum Anziehen hast. Aber das ist ja einerlei. Du bist doch auf jeden Fall die allerbeste aller Puppen, die es in der Welt gibt. Und es kommt sicher bald jemand, der sich deiner annimmt. Glückliche Reise! Adieu! Adieu!«
Er wagte es nicht, den Abschied noch zu verlängern, sondern sprang auf das Verdeck. … Kaum war er wieder auf festem Lande, als er sich nach der Puppe zu sehnen begann und bereute, dass er sie von sich

gelassen hatte. Es wäre besser gewesen, alle Sticheleien zu ertragen, als einen solchen Schatz hinzugeben. Aber er kehrte doch nicht um, um die Puppe wiederzuholen. Ein so ängstliches Gefühl hatte man wohl immer, wenn jemand, den man liebhatte, fortreiste. In ein paar Stunden würde es sich schon geben.

Aber wie er so nach Hause ging, verfolgte ihn das Gefühl, dass er etwas Wertvolles und Großes hingegeben hatte, und das wollte nicht weichen. Im Gegenteil, es wuchs und wurde zu einem heftigen Groll gegen all jene, die die Puppe nicht hatten in Frieden lassen wollen. Als er später am Vormittag in die Schule kam, bereitete es ihm eine Art von Genuss, zu fühlen, dass er so stumpf war, dass er keine einzige Frage richtig beantworten konnte. Ja, seht nur, wie es geht, dachte er. Hättet ihr mich nicht meine Puppe behalten lassen können? …

Die ganze Woche verging, ohne dass der Knabe in bessere Laune kam. Die Mutter tat, was sie konnte, um ihn aufzumuntern, aber mit geringem Erfolg. Gegen sie war er noch unfreundlicher als gegen die anderen, denn er fand, dass wenigstens sie, die ihm doch selbst die Puppe gegeben hatte, auch ihre Partei hätte nehmen müssen und nicht zulassen durfte, dass er sich ihrer entledigte.

Er hatte die größte Lust, zum Hafen hinunterzugehen, aber er kämpfte mit aller Macht dagegen an und lenkte seine Schritte nie nach dieser Richtung. Die Puppe war ja dahin und verloren, das wusste er. Es wäre nur so gewesen, wie wenn man ein Messer in einer Wunde herumdreht, wenn er dort hinuntergegangen wäre und sich den »Oskar Dickson« und das leere Plüschsofa im Dampfschiffsalon angesehen hätte.

Gegen Ende der Woche hatte der Knabe wohl die ärgste Bitterkeit gegen die Mutter überwunden und sich wieder etwas freundlicher gegen sie gezeigt, sodass sie eines Nachmittags den Mut fasste, ihn zu bitten, zum Hafen hinunterzugehen und ihr ein paar Bund Spargel zu holen, die sie mit einem Schärenboot erwartete.

Der Knabe wurde zuerst rot und dann blass, als sie ihn darum ersuchte. Zuerst wollte er ein schroffes Nein zur Antwort geben, aber dann stieg eine so starke Sehnsucht in ihm auf, wieder dort hinunterzukommen, dass er nicht dagegen ankämpfen konnte. Nun meinetwegen, dachte er, Mutter will es ja selbst. Er fühlte wohl, dass in ihm eine Hoffnung war, die nur auf die Gelegenheit lauerte, an Bord des Dampfschiffes zu kommen und nachzusehen, wie es dort stand. Aber er

unterdrückte sie mit der unwiderleglichen Behauptung, dass eine solche Puppe wie Laban nicht so viele Tage ohne Besitzer hatte bleiben können. Es war nicht anders möglich, jemand hatte sie sich angeeignet.
Aber als er nun mit seinem Korb in der Hand zum Hafen hinunterkam, war das erste, was seinen Blicken begegnete, der Dampfer »Oskar Dickson«. Er schien soeben angekommen zu sein, denn der Landungssteg war gerade ausgelegt, und die Passagiere begannen ans Land zu strömen.
»Du bist doch das größte Rindvieh auf Gottes Erdboden«, sagte der Junge zu sich selbst. Aber in der nächsten Sekunde drängte er sich doch über den Landungssteg. »Es hat doch gar keinen Zweck, das weißt du doch«, sagte er wieder, aber er lief doch über das Verdeck. »Nein, darin liegt doch nicht die geringste Vernunft«, fuhr er fort, während er die Treppe hinuntereilte und in den Salon guckte.

Aber es war wohl doch nicht so ganz ohne Vernunft, denn wer saß ganz oben in der Ecke des plüschbezogenen Sofas, wenn nicht seine eigene, heißgeliebte Puppe?

Der Knabe wollte seinen Augen nicht trauen. Konnte das wirklich sein eigener Laban sein, der da saß?

Ja, er war es ja doch, das fühlte er schon daran, dass sein Herz einen heftigen Sprung machte und dann wieder auf seinen rechten Platz kam. Im selben Augenblick begriff er auch, warum ihm die ganze Zeit, die die Puppe fortgewesen war, so schrecklich zumute gewesen war. Das war das Herz, das nicht am rechten Fleck gewesen war. Aber jetzt mit einem Mal, wie er nur die Puppe erblickt hatte, war alles wieder ganz gut. Mit zwei Sätzen hatte der Knabe die Puppe erreicht. Er machte nicht viel Federlesens mit ihr, er stopfte sie nur in seinen Korb. … Und dann ging es mit ihnen beiden heimwärts.

Auf dem ganzen Wege lachte er in sich hinein und trällerte, er konnte es nicht lassen. Ja, so war es wohl Menschen zumute, wenn sie sagten, dass sie glücklich wären, der Knabe hätte nie geglaubt, dass das so hübsch sein könnte.

Er freute sich sogar, dass er die Puppe ausgesetzt hatte, denn wenn er nicht die ganze Woche lang von ihr getrennt gewesen wäre, hätte er ja auch die große Freude des Wiedersehens nie kennengelernt.

Als er durch den Kellerladen ging, eilte er nicht stumm und mürrisch an den Kunden vorbei wie in letzter Zeit, sondern er legte der dicksten Madam den Arm um den Leib und küsste sie.

Das war nur als eine kleine Freundlichkeit gemeint, und wenn auch die Dicke und die anderen nach ihm schlugen, so nahmen sie es doch auch für nichts anderes. »Ja, jetzt ist er wieder guter Laune«, sagten sie. »Wir wussten ja, dass er nicht sein Leben lang wegen einer Fleckchenpuppe den Kopf hängen lassen würde.«

Der Knabe hielt sich nicht auf, um ihnen zu erklären, was ihn so verändert hatte. Er nahm den Korb in seinen Verschlag mit, packte die Puppe aus und setzte sie mit großer Feierlichkeit in dem Stuhl zurecht. … »Du machst dir wohl gar nichts daraus, wieder zu Hause zu sein, Laban?«, sagte der Junge. »Du hattest es wohl auf dem Dampfschiff ebenso gut?«
Er plauderte in einem fort. Die Puppe musste hören, wie elend er es gehabt hatte und wie schlecht es mit dem Lernen gegangen war. Von Zeit zu Zeit unterbrach er seine Klageweisen und neckte die Puppe, weil

gar niemand Beschlag auf sie gelegt hatte. Er wartete keine Antwort ab, sondern ging gleich zu etwas anderem über. »Weißt du was?«, sagte er. »Jetzt, wo ich dich wiederhabe, halte ich es nicht aus, so träge und dickschädlig zu sein, wie ich die ganze Woche war. Wir müssen uns jetzt ordentlich reinhängen, damit ich die Kameraden einhole.«

Es kam ein solcher Arbeitseifer über ihn, dass er schon in der nächsten Minute mit dem Kopf über ein Buch gebeugt dasaß. Und das war wahrlich nur ein Vergnügen, jetzt, wo Laban neben ihm saß. »Erinnerst du dich an dies und an das?«, fragte er die Puppe. »Kannst du mir dieses Problem lösen?« Und es ging alles wie im Spiel. Die Puppe durchschaute sofort die allerverwickeltsten Aufgaben. Das Ganze war eitel Lust und Freude.

Nach einiger Zeit konnte er sich das Vergnügen nicht versagen, die Puppe wieder ein bisschen zu necken.

»Denk mal, dass dich gar niemand haben wollte, Laban! Denke, dass du die ganze Woche allein in der Sofaecke sitzengeblieben bist! Das hättest du wohl nie gedacht?« …

Es war ein glücklicher Nachmittag, und ihm folgten viele glückliche Tage. Aber dann – ja, es mag genug sein, zu sagen, dass, als ein halbes Jahr vergangen war, sie sich wieder so ziemlich in derselben Lage befanden wie im Frühling. Die Leute hatten entdeckt, dass die Puppe zurückgekommen war, und gleich hatte man wieder angefangen, den Knaben auszulachen. Er merkte es, und er konnte es nicht ertragen. Er sah ein, dass er ja doch einmal gezwungen sein würde, sich von der Puppe zu trennen.

Niemand kann behaupten, dass er es leichten Herzens tat. Es kam ihm fast schwerer vor als das erste Mal, denn jetzt wusste er besser als damals, was er verlor, wenn er die Puppe fortschickte. ...

Es mag genug sein, zu erzählen, dass der Knabe eines Nachmittags im Spätherbst die Puppe nahm und sich mit ihr in eine Straßenbahn setzte. Er fuhr ein Stück mit der Puppe, dann stand er mit gleichgültiger Miene auf und ließ sie im Wagen zurück, so, als hätte er sie vergessen.

Kaum war der Wagen weitergefahren, als derselbe Missmut über ihn kam wie das frühere Mal, wo er die Puppe weggeschickt hatte. … Nein, wie hatte er doch die Schule und die Schularbeit satt! Wenn er die Puppe nicht hatte, die alles zu einem Spiel machte, konnte er es gar nicht ertragen, an all diese Aufsätze und Probleme zu denken.

Er bummelte herum, bis es Zeit zum Schlafengehen war. Als er endlich heimkehrte und die Treppe hinunterging, die in den Keller führte, stolperte er über einen Gegenstand, der auf der obersten Treppenstufe lag, und wäre fast darüber gefallen. Im selben Augenblick, in dem er ihn mit dem Fuße berührte, wusste er auch schon, was es war, und ein Beben der Freude durcheilte ihn. Er bückte sich rasch und tastete mit den Händen. Ja, es war Laban.

»Es sieht aus, Laban, als wolltest du mich gar nicht verlassen«, sagte er, und die Stimme klang ärgerlich, aber eigentlich war er ganz selig, dass die Puppe zurückgekommen war. … Es gab vielleicht nicht viele Leute in der Stadt, die so bekannt waren wie seine Puppe. Vermutlich hatte einer der Kunden seiner Mutter sie in der Straßenbahn erkannt und sie ihm heimgebracht.

Der Knabe stand auf der dunklen Treppe und fuhr mit der Hand über die Puppe, wie um sich zu vergewissern, dass sie sein eigener Laban war. Dabei merkte er, dass auf dem Rücken der Puppe ein Papier befestigt war.

»Was ist denn das?«, sagte er. »Was ist denn das, was du mitgebracht hast?«

Der Junge sah durch die Glastüre des Ladens, dass die Mutter dort auf und ab ging, und es war ihm ein wenig peinlich, ihr zu zeigen, dass er noch einmal mit der

Puppe nach Hause kam. Er wollte darum abwarten, bis sie in die Küche ging, so dass er unbemerkt zu sich hineinkommen konnte, und inzwischen löste er das Papier ab und lief zu einer Gaslaterne, um zu sehen, ob etwas darauf geschrieben stand.
Ja, allerdings. Da stand fürs Erste sein eigener Name und darunter ein kurzer Vers:

Hör', mein Büblein, diesen Spruch,
gucke fleißig stets ins Buch,
lass von Knaben, welche saufen,
fluchen, spielen und auch raufen,
nie und nimmer dich verlocken,
sondern bleib bei deiner Docken.

Nun, er war ja nur ein Kind, und als er den alten Fibelvers in dieser Weise verwandelt und gegen sich gerichtet las, nahm er das nicht als den unschuldigen Spaß, der es im Grunde war, sondern er betrachtete es als eine sehr große Beleidigung. Er wurde ganz starr vor Wut, dass man es wagte, ihn in dieser Weise zu hänseln. Jetzt dachte er gar nicht mehr daran, die Puppe mit nach Hause zu tragen. Er musste sie gleich fortschicken, im selben Augenblick, und diesmal wollte er es so tun, dass sie nie wiederkehrte.

Es blieb ihm nicht viel Wahl, und es dauerte auch nicht lange, so war er auf dem Weg zur Eisenbahn. Als er den Bahnsteig betrat, stand gerade ein Zug zur Abfahrt bereit, und ehe er sich noch ganz Rechenschaft gegeben, was er tat, hatte er die Puppe in ein Abteil gesetzt und sie in die weite Welt hinausgeschickt, er wusste selbst nicht, wohin.

Und diesmal schien die Puppe wirklich verschwunden zu sein. Eine Woche nach der anderen verging, ohne dass der Knabe etwas von ihr wusste. Und so allmählich hörte er beinahe auf, sich nach ihr zu sehnen. Sie wurde aus seinen Gedanken entführt, wie so vieles andere.

Es ist ja mit Kindern oft so, dass sie irgendeinen Sündenbock suchen, dem sie die Schuld für all das Missgeschick aufbürden können, das sie trifft. Und was den Knaben betrifft, so war er noch so sehr Kind, dass er, als es ihm jetzt in der Schule so schlecht zu gehen anfing und er in keiner Weise mit den Kameraden Schritt halten konnte, sich damit entschuldigte, dass er seine Puppe verloren hatte. … Die Lehrer schüttelten den Kopf, wenn sie seine Aufsätze durchsahen und fragten, ob er krank sei oder ob er viel gestört würde, wenn er zu arbeiten hatte. … Der Klassenvorstand ging zur Mutter, um mit ihr über den Knaben zu sprechen, der gar nicht mehr imstande war, in der Schule mitzukommen. Er konnte nicht begreifen, was in den Jungen gefahren war, er war doch früher der Erste in der Klasse gewesen. Vielleicht wäre es angezeigt, ihn eine Zeit lang aussetzen zu lassen.

Und dann fragte die Mutter ihn selbst, was ihm denn fehle, und ob er gerne für ein paar Wochen Ferien haben wolle, um sich auszuruhen. »Das nützt nichts«, sagte der Knabe. »Mir wird es in der Schule nie mehr gut gehen, und wenn ich mich noch so lange ausruhe.« Und als er das gesagt hatte, lief er zur Türe hinaus, weil er fühlte, dass er in Tränen ausbrechen musste.

Ein paar Tage später geschah etwas, das ihn mehr belebte als noch so lange Ruhe. Er las nämlich in einer Zeitung von einer großen Puppe, die die Eisenbahner einander zum Spaß hin und her schickten. Vom ersten Augenblick an war er überzeugt, dass das niemand anderes sein konnte als Laban, von dem da die Rede war. Was war das doch für eine Puppe! Wo immer sie sich zeigte, wurde es lustig und fröhlich um sie. …

Man kann sich denken, dass die Sache so angefangen hatte, dass irgendein lustiger Stationsbeamter, der in einem Abteil eine einsam dasitzende Puppe fand, sie mit auf die Station nahm, ein Verslein auf einen Zettel schrieb und sie mit dem Gedicht an der Brust in eine andere Station schickte. Um den Spaß noch besser zu machen, hatte er an einen Kollegen in dem neuen Bestimmungsort ein Telegramm abgesandt:

»Herr Laban kommt mit dem Schnellzug. Bitte ihn gut zu empfangen.«
Herr Laban! Wer war Herr Laban? Das gab ein Staunen auf der Station, wo er erwartet wurde. Der Stationsinspektor, der Buchhalter und der Gepäckverwalter standen auf dem Bahnsteig, um ihn zu empfangen. Als der Zug kam, bemühten sich alle, herauszubekommen, welcher der Reisenden Herr Laban sein konnte. Aber da man nicht klug daraus wurde, musste man den Schaffner fragen.
»Es soll doch ein Herr Laban mit dem Zug ankommen? Wo steckt er denn? Wir sollen ihn doch empfangen.«
»Herr Laban?«, sagte der Schaffner. »Ach so, er soll hier aussteigen? Ja, er fährt erster Klasse. Ich will gleich gehen und es ihm sagen.«

Und gleich darauf erschien er mit der großen Fleckchenpuppe in den Armen. Man kann sich denken, mit welchem Jubel sie aufgenommen wurde.
Dann fand jemand, dass das ein viel zu guter Spaß war, um ihn nicht weiterzuspinnen. Die Puppe wurde also mit neuen Versen ausgerüstet, die neben den alten befestigt wurden, und dann bekam sie ein Halstuch, damit sie noch reisemäßiger aussah. Hierauf wurde sie wieder in den Zug gesetzt, und man telegrafierte an die nächste Station, um ihre Ankunft anzukündigen. Da wiederholte sich die Geschichte. Aber da nun die Puppe bald ganz mit Papierzetteln bedeckt war, kam jemand auf den Einfall, sie mit einer Reisetasche zu versehen, wo sie ihre Aktenstücke verwahren konnte. Auf diese Weise fuhr die Puppe rings um das Land, von Station zu Station. Die Telegramme, die sie ankündigten, wurden immer pompöser, und sie wurde immer feierlicher empfangen, je weiter sie herumkam. Die guten Leute in den Stationen konnten sich gar nicht genug tun. Sie reiste auch gerade in der Weihnachtszeit, wo alle freigebig und erfinderisch sind, und bald hatte es mit der Tasche und den schönen Versen nicht mehr genug, sondern sie bekam so allmählich eine ganze Ausrüstung. Schließlich hatte sie einen Mantel und einen Nachtsack, eine Brieftasche und ein Portemonnaie. In

den Taschen hatte sie Zigaretten und Zündhölzchen, Sacktuch, Federmesser, Taschenkamm, Bürsten, Tüten mit Pralinés und Karamellen. Sie hatte eine eigene Reisedecke, um sie über die Knie zu breiten, wenn sie sich auf dem Sofa ausstrecken wollte, und eine besondere Reisemütze, die sie nur trug, wenn sie im Zug saß.

Man kann sich denken, dass dieser Spaß,
als er eine Zeit lang gedauert hatte, auch in
den Zeitungen besprochen wurde, und so erfuhr das
große Publikum von diesem Weihnachtsscherz
der Eisenbahner. ...

Ja, das hatte der Knabe vom ersten Augenblick an gewusst. Es war seine Puppe. Darüber konnte ja kein Zweifel sein. Es konnte ja auch kaum noch eine Puppe auf der Welt geben, die Laban hieß. Und übrigens hätte sich auch keine andere Puppe einen solchen Spaß ausdenken können. Die Eisenbahner glaubten vielleicht, dass einer von ihnen den Einfall gehabt hätte, sie hin- und herzuschicken, aber der Knabe wusste es besser. Alles, von Anfang bis zu Ende, war die eigene Erfindung der Puppe. Denn so war sie. Jetzt mussten die Leute doch einsehen, wie bitter es für ihn gewesen war, sich von ihr zu trennen.

Er konnte sich nicht genug wundern, dass niemand die Eisenbahner wegen der Puppe auslachte. Im Gegenteil, alle schienen ihnen dankbar zu sein, weil sie sich diesen Spaß gemacht hatten, der das ganze Land amüsierte. Es sah aus, als wären alle Menschen freundlicher gegen diese Leute gestimmt, die sie sonst nur mit ernsten Amtsmienen sahen, weil sie jetzt zeigten, dass sie so wie alle anderen einen kleinen Scherz liebten. Das hätte man ihnen gar nicht zugetraut.

Nein, dieses Mal hatte die Puppe nur das eine Pech, zu viel Glück zu haben. Es wurde so viel über sie in den Zeitungen geschrieben, und es gab ein solches Gedränge in den Stationen. Da kriegten die neuen Gönner den ganzen Rummel satt. Es hatten sich so viel Unberufene in das Spiel gemischt, dass es ihnen gar keinen Spaß mehr machte.

Solange der Knabe jeden Tag von der Puppe las und hörte, hatte er förmlich aufgelebt und war wieder der Alte geworden. Aber dann wurde es still um sie, und damit versank er wieder in seine frühere Apathie.

Im Frühling las er einmal eine Notiz über seinen alten Freund. Darin wurde erzählt, dass die große Puppe, Eisenbahnlaban genannt, die zu Weihnachten so viel Aufmerksamkeit erregt hatte, jetzt von den großen Kindern, die mit ihr gespielt hatten, völlig vergessen war. Sie lag jetzt in einem Gütermagazin der hiesigen Eisenbahnstation, ihrer ganzen Ausrüstung beraubt.

Der Knabe wurde sehr nachdenklich, als er dies las. Die Puppe war also in seiner Nähe, und er konnte sie wiederhaben. Aber er schob die Zeitung von sich weg. Nein, nein, er wollte nicht. Er wusste, wie es enden würde, und er wollte nicht noch einmal dasselbe durchmachen.

Als er am nächsten Tag um die Mittagszeit von der Schule heimkam, nickte ihm die Mutter mit einer vielsagenden Miene zu, als er an ihrem Ladentisch vorbeikam. So sah sie immer aus, wenn es ihr geglückt war, ihm etwas zu verschaffen, von dem sie wusste, dass er sich darüber freuen würde. Als er in seinen Verschlag kam, saß Laban im Lehnstuhl. Die Mutter hatte also auch in der Zeitung von der Puppe gelesen, und sie war zum Bahnhof gegangen, um sie ihm zu holen. Sie hatte schließlich doch eingesehen, wie notwendig diese Puppe für ihn war. Aber nun geschah das Merkwürdige, dass, als der Knabe die Puppe, nach der er sich den ganzen Winter gesehnt hatte, da im Lehnstuhl auf ihrem gewohnten Platz sitzen sah, ihn eine Wut packte, die er nicht beherrschen konnte.

»Wie kannst du dich unterstehen, noch einmal zurückzukommen?«, rief er der Puppe zu. »Du weißt doch, dass ich dich nicht behalten kann! Glaubst du, ich will all das, was ich um deinetwillen gelitten habe, zum vierten Male durchmachen?«

Denn was half es, dass die Mutter jetzt endlich begriff, welche Macht die Puppe hatte? All die anderen, all die Nachbarn im Viertel, alle Kinder und alle Erwachsenen, alle Lehrer und Schulkameraden hatten die Puppe noch nicht verstehen gelernt und würden es auch nie.

Er packte die Puppe am Nacken wie eine junge Katze, und ohne sich darum zu kümmern, dass die Mutter mit dem Mittagessen auf ihn wartete, stürzte er mit ihr davon.

Nach einer Stunde kehrte er zurück. Und diesmal fühlte er eine wunderliche Ruhe. Jetzt wusste er, dass er den rechten Ausweg gefunden hatte. Jetzt würde die Puppe ihm nie mehr unter die Augen kommen. Jetzt hatte er sie dahin gesandt, wo sie bleiben würde. Es war schade, dass ihm das nicht vorher eingefallen war. Er hätte dann früher Ruhe gehabt, hätte nicht so viel mit ihr durchmachen müssen.

»Was hast du denn mit der Puppe angefangen?«, fragte die Mutter, als er heimkam.

»Ich habe sie dahin geschickt, von wo sie nie zurückkommen wird«, sagte der Knabe. »Wer sie jetzt nimmt, der kann sie auch behalten.«

»So«, sagte die Mutter. Mehr sagte sie nicht, sie sah nur erstaunt den Sohn an, aber der fuhr mit großem Freimut fort: »Und jetzt, Mutter, will ich aufhören, ins Gymnasium zu gehen. Es hat gar keinen Zweck, wenn ich hingehe. Ich konnte ja den Freund nicht behalten, der mir geholfen hätte, etwas Besonderes zu werden, und da habe ich ja dort nichts zu suchen.«
»Was willst du denn anfangen?«
»Ich will dir im Geschäft helfen.«
Die Mutter sah ein bisschen unsicher aus: »Du kannst doch schließlich nicht wissen, ob die Puppe nicht noch einmal zurückkommt«, sagte sie.
»Nein, Mutter«, sagte der Knabe, »jetzt werden wir sie nie mehr wiedersehen. Das fühle ich.«
»Aber was hast du denn mit ihr angefangen?«, fragte die Mutter.
»Ich habe sie an Bord des großen Auswandererschiffes gesetzt, das heute im Hafen liegt«, erzählte der Knabe.

»Ja dann«, sagte die Mutter, und war sofort ebenso überzeugt wie er, dass nun alles aus war. Nun konnte die Puppe nie mehr wiederkommen. »Ja, wenn du sie nach Amerika geschickt hast, dann kannst du morgigen Tages im Laden anfangen«, sagte sie. »Jetzt sehen wir sie nie wieder.«

»Nein, jetzt kommt sie wohl in ein Land, wo man seine Puppen behalten darf«, sagte der Knabe.

Auf diese Art kam der Knabe in das praktische Leben. Jetzt ist er ein erwachsener Mann und trauert nicht mehr um die Puppe. Aber er erzählt gerne von ihr.

Einmal hatte er das Glück, unter seinen Zuhörern einen Gelehrten zu haben, einen Archäologen, und dieser interessierte sich sehr für die Geschichte.

»Wissen Sie was?«, sagte er. »All dem liegt schon etwas zugrunde. Die Puppe, ist sie nicht die Begleiterin der Menschheit von ihrer frühesten Kindheit an? Wer weiß, wie viel wir ihr zu verdanken haben?« Und der gelehrte Mann begann eine Auseinandersetzung über die Puppe als diejenige, deren Aufgabe es gewesen war, die ungeahnten Anlagen des unzivilisierten Menschen auszulösen. War nicht im selben Augenblick, in dem die erste Puppe aus einem Lehmklumpen oder vielleicht aus etwas zusammengerolltem Gras geformt wurde, die Fantasie geboren worden und mit ihr das

Spiel, die Dichtung, die schönen Künste? Das Beste, was wir besitzen, das, worauf wir am stolzesten sind, ist es nicht die Fähigkeit des Schaffens, und wer hat diese Fähigkeit in so hohem Grade entwickelt wie die Puppe? Man würde es schon einmal sehen, wenn erst ihre Geschichte geschrieben würde. Sie hat im Leben so mancher unserer großen Männer eine Rolle gespielt. …

Selma Lagerlöf (1858–1940) gehört zu den bekanntesten schwedischen Autoren. Schon in jungen Jahren hegte sie den Wunsch, Schriftstellerin zu werden, und verfasste mehrere Gedichte. Während ihrer Arbeit als Volksschullehrerin schrieb sie ihren ersten Roman »Gösta Berling«, für den sie 1909 als erste Frau mit dem Nobelpreis für Literatur ausgezeichnet wurde. 1914 wurde sie ebenfalls als erste Frau in die Schwedische Akademie aufgenommen. Neben ihren Weihnachtsgeschichten und -legenden zählt »Die wunderbare Reise des kleinen Nils Holgersson mit den Wildgänsen« heute zu ihren berühmtesten Werken.

Quellennachweis

Texte:
Der Weihnachtsmorgen aus: Selma Lagerlöf, Jans Heimweh. Eine Geschichte aus dem Värmland. Aus dem Schwedischen von Pauline Klaiber-Gottschau;
Die Legende von der Christrose aus: Selma Lagerlöf, Ein Stück Lebensgeschichte und andere Erzählungen. Aus dem Schwedischen von Marie Franzos;
Die Heilige Nacht aus: Selma Lagerlöf, Christuslegenden. Aus dem Schwedischen von Henny Bock-Neumann;
Ein Weihnachtsgast aus: Selma Lagerlöf, Unsichtbare Bande. Aus dem Schwedischen von Margarethe Langfeldt;
Der Sturm aus: Selma Lagerlöf, Liljecronas Heimat. Aus dem Schwedischen von Pauline Klaiber-Gottschau (Text gekürzt);
Ein Emigrant aus: Selma Lagerlöf, Die Silbergrube und andere Erzählungen. Aus dem Schwedischen von Marie Franzos (Text gekürzt)

Die Texte wurden geringfügig modernisiert. Orthografie und Interpunktion wurden den Regeln der neuen deutschen Rechtschreibung angepasst.

Abbildungen:
Cover, S. 3: © Natalia Andreichenko – stock.adobe.com; Cover, S. 2, 25: © squirrel_fr – stock.adobe.com; Cover, S. 50, 100: © Anastasiia – stock.adobe.com; Vor- und Nachsatz, S. 2, 30: © svetazi – stock.adobe.com; S. 3, 11, 17, 76, 98, 104, 137: © Ekaterina Winter – stock.adobe.com; S. 6, 79, 91: © ldinka – stock.adobe.com; S. 7, 16, 45, 51, 55, 60, 61, 67, 70, 75, 85, 93, 97, 99, 101, 113, 117, 122, 129, 132, 138: © MarinaErmakova – stock.adobe.com; S. 8, 20, 34, 39, 46, 62: © Elena – stock.adobe.com; S. 43, 77, 109: © nastyasklyarova – stock.adobe.com; S. 49: © Lesia_A – shutterstock.com; © anamad – stock.adobe.com (Bordüren)